10

일반공격이 전체공격에 2회 공격인 엄마는 좋아하세요?

STORY INAKA DACHIMA
ILLUST IIDA POCHI. VOLUME 10

현실 세계, 도쿄 모처의 오피스 빌딩.

한 여성이 긴장한 듯한 경비원과 술렁이는 안내데스크 여직원에게 빙그레 미소 지으며, 활기차게 걸음을 옮겼다.

그 여성의 이름은 오오스키 마마코. 직업은 회사원이다.

누구보다 일찍 출근해서, 서른 명이 넘는 부하들을 맞이하는 게 그녀의 일과다.

"오오스키 총괄 부장님, 좋은 아침입니다!"

"좋은 아침. 오늘도 힘내자. 우후후."

모성 넘치는 미소로 직장에서 본가 같은 편안함을 자아내면서, 업무에 임했다.

오전에는 사무 업무. 마마코가 메일 처리

를 하고 있을 때, 전화가 왔다.

바로 그 전화를 받은 여성 사원은 갑자기 표정이 어두워졌다.

"어머, 무슨 일이니?"

"늦어지고 있는 프로젝트 건으로, 영업부에서 항의 전화가……."

"알았어. 내가 대응할 테니까, 전화 돌려줄래?"

마마코는 총괄부장으로서, 의연하게 응대했다.

"여보세요, 오오스키입니…… 어머나. 집 전화와 헷갈렸어요."

『하하하. 이야, 화낼 마음이 싹 가셨는걸요.』

상대방이 웃음을 터뜨린 순간, 항의 처리는 성공이다.

점심은 각 부서의 책임자들과 회의를 겸해 식사 자리를 가진다.

그리고 오후에는 회의를 하지만…….

"그럼 오오스키 총괄 부장님의 제안을 채택하죠. 예정보다 꽤 빨리 끝났군요."

"모두 협력해 준 덕분이야. 그럼 나는 먼저 실례할게. ……오늘 저녁은 뭘 할까. 우후후."

일도 집안일도 열정적으로 처리하는 여성. 그런 그녀가 바로 오오스키 마마코.

일반업무가 전체관리에 2중 겸직 중인 엄마다.

현실 세계에서도
파티와 모험
아침에 일어나서 아침을 먹고, 학교에 갈 준비를 했다.
그리고 현관문을 나서자, 그곳에는…….
"마사토, 늦었잖아~."
"여성을 기다리게 만들다니, 남성으로서 실격이군요."
"마사토 씨, 좋은 아침이에요!"
건방진, 정숙한, 그리고 활기찬 세 명의 여자애가 기다리고 있었다.
마사토는 머리카락을 대충 정리하면서, 가볍게 인사를 건넸다.
"겐야, 메디, 포타. 다들 먼저 왔구나."
"잠깐만, 마사토! 어째서 나만 본명이야! 너무하잖아!"

“멤버만 모였을 때는 닉네임으로 서로를 부르기로 했잖아요! 그게 저희들, 방과 후 퀘스트 서클의 룰이에요!”

“본명으로 불리고 싶지 않은 겐야 양이 멋대로 정한 룰이지만 말이죠.”

“그렇긴 해! 그래도 이 와이즈를 위해 룰 좀 지켜줘!”

“알았어, 알았다고. 자 그래, 겐야. 빨리 가자.”

“그~러~니~까~!”

와이즈와 메디가 말다툼을 벌였고, 마사토에게 불똥이 튀었으며, 포타가 허둥지둥 말리면서, 네 사람은 시끌벅적하게 통학로를 나아갔다.

“그럼 퀘스트에 관한 상의부터 할까. 의뢰 있는 사람 있어?”

“제가 의뢰할게요! 저, 그림물감이 필요해요! 미술 수업에서 쓰거든요!”

“아이템 수집 퀘스트인 거네. ……매점에서 살 수 있겠지만…….”

“역사 빌딩의 문구점에 상품이 잘 갖춰져 있을 거예요.”

“좋아, 원정 결정. 빨리 수업을 클리어하고, 모험을 떠나자!”

흔하디흔한 일상을 퀘스트로 삼으며, 동료와 함께 공략한다.

자신들만의 즐거움으로 가득 찬 일상이 이 자리에 존재한다.

CONTENTS

일반공격이 전체공격에 2회 공격인 엄마는 좋아하세요?

STORY INAKA DACHIMA
ILLUST IIDA POCHI.

VOLUME 10

프롤로그
시동

이곳은 도쿄 도 치요다 구 나가타 초, 중앙 합동청사 제8호관내.

맑은 날씨인 이날, 이 장소에서는 정부 주도의 온라인 게임 『MMMMMORPG(가제)』의 정식 서비스화를 위한 합동 회의가 열리고 있었다.

출석자는 계획을 주도한 내각부 관료, 출자 및 경영을 담당한 기업 임원 등, 쟁쟁한 멤버였다.

개발과 운영을 맡은 기획제작부를 대표해서 프로듀서 중 한 명이자 포타의 어머니인 홋타 사오리도 참석했지만, 긴장한 탓에 기업 측 자리 구석에서 몸을 작게 웅크리고 있었다. 정재계의 높으신 분들이 눈앞에 있으니, 무리도 아니다.

하지만, 평소와 다름없는 사람도 있었다.

"미리 보고드린 대로 이제까지의 β(베타) 테스트는 전부 순조롭게 완료됐으며, 이제 최종 테스트만을 남겨두고 있습니다. 그래서 오늘은 최종 테스트 시행 허가를 받기 위해 여러분을 이렇게 한 자리에 모았다는 것을 알려드리는 시라세입니다."

게임 안에서 실제로 활동하고 있는 실적과 흔들리지 않는 냉정함을 인정받아서, 이 회의의 진행을 맡게 된 이가 바로 시라세다. 시라세가 말장난을 했는데도 누구 한 명 피식 웃지도 않았지만, 그녀는 전혀 개의치 않았다.

참석자들은 일제히 어험 하고 헛기침하더니, 싸늘한 분위기를 걷어내며 잡담을 시작했다.

“베타 테스트는 순조롭게 완료됐다, 라……. 확실히, 기한에 맞추기는 했지.”

“풍문으로 사건이 발생했다고 듣기는 했는데, 뭐, 됐네.”

“근로 방식 개혁의 시범 사례도 되어줬으니까요. 정부 측으로서는 딱히 반대할 이유가 없습니다.”

“끝만 좋으면 되니까 말이죠. 요즘은 딸과 보내는 시간도 늘어났다고 들었는데…… 잘 됐군요, 홋타 씨.”

“아, 네…….”

위축되어 있던 사오리가 너무 움츠러든 탓에 확 사라질 것 같던 바로 그때였다.

“이 의제에 관해 한마디 해도 되겠습니까?”

그 목소리는 기업 측 좌석 쪽에서 들려왔다. 고령의 임원 사이에서 젊은 분위기를 뽐내고 있는 40대 남성이 온화한 미소를 머금으며 손을 들었다.

경영 컨설턴트라는 직함을 지닌 남성이었다.

“본 계획은 민관 협력 사업, 그러니까 제3섹터 사업입니다. 게다가 정부의 체면과 기업의 자금이라는 점만이 아니라, 국가의 미래라고 하는 절대로 훼손되어선 안 되는 부분도 관여되어 있죠. 만전을 기해야만 할 겁니다. 안 그렇습니까?”

그 말을 들은 참석자들이 깊이 고개를 끄덕였다.

"이 서비스는 머지않아 이 나라에 없어선 안 될 존재가 될 겁니다. 그것이 가져다줄 혜택은 가족 관계의 보전만이 아니겠죠."

"그건 그렇죠. 유저 본체가 전송되는 풀다이브 형식은 이용 가치가 매우 뛰어나니까요. 즉, 자연환경에 따른 피해가 발생하지 않는 국토가 늘어나는 것이니까……."

"환경 악화로 인해 실시가 어려워지고 있는 다양한 활동의 대체지로서, 그리고 재해 시의 피난처로서 매우 우수하지. 서둘러 전국 규모로 배치해야만 해."

"여러분의 말씀이 옳습니다. ……그러니, 시라세 씨."

"네. 알고 있습니다. 미래로 이어가기 위해선, 우선 계획대로 정식 서비스화를 달성하는 것이 필수겠죠. 아이부터 부모까지 폭넓게 즐길 수 있는 게임으로서 대히트시키고, 과금 요소를 통해 앞으로의 전개를 위한 자금을 모아야만 합니다."

"어른의 사정까지 이 자리에서 알려줄 필요는 없어요."

"어이쿠. 실례했습니다. 에헷~."

시라세는 전혀 반성하지 않는 표정으로 그렇게 말한 후, 다시 표정을 굳혔다.

"그럼 다시, 최종 테스트의 시행에 관해 이야기 드리겠습니다. 예전부터 운영 측에서는 도전자로 적합한 테스트 플레이어의 선정 작업을 진행해 왔으며…… 이번에, 드디어, 한 모자지간이 선정되었기에 소개해 드릴까 합니다."

“드디어 결정됐습니까. 그 모자지간은 누구죠?”

경영 컨설턴트 남성이 묻자, 시라세는 의미심장한 미소를 머금으면서 프로젝터를 준비하기 시작했다.

슬그머니 자리에서 일어난 사오리가 불을 끄자, 벽에 설치된 스크린에 빛이 투사됐다.

“백문이 불여일견이니까요. 어떤 모자지간인지 알 수 있도록, 게임 안에서의 활동 풍경을 보여드릴까 합니다. 부디 주목해 주시길.”

상영회가 시작됐다.

그리고 마마코와 마사토가 즐거운 듯이 나란히 걷는 모습이 스크린에 비친 순간…….

“……어?”

경영 컨설턴트인 남성은 얼이 나간 표정으로, 들고 있던 펜을 놓쳤다.

제1장
무한 리필! 부모 자식의 추억이 가득가득 담긴, 오오스키 가의 덮밥!

하늘을 올려다보니, 태양이 가장 높은 위치로 향하고 있었다.

곧 있으면 정오다. 즉, 점심 식사 시간이다.

하지만 눈앞에는 초원 필드를 뒤덮을 정도로 수많은 몬스터가 우글거리고 있었다.

"우왓! 엄청난 숫자예요! 마치 몬스터의 소굴에 뛰어든 것 같아요!"

"어머나. 곤란하게 됐네. 마을은 바로 앞에 있는데 말이야."

"하아, 정말! 진짜 짜증 나! ……단숨에 쓸어버리자!" 크르릉!

"배고픈 현자의 힘을 실컷 보여주겠어!" 발끈~!

"저희의 식사를 방해한 벌이에요! 인정사정 봐주지 않겠어요!" 부글부글!

쓴웃음을 머금고 있는 마마코보다 먼저, 배가 고파서 폭주 모드인 마사토와 와이즈와 메디가 몸을 날렸다.

그들을 막아서는 과일 타입 몬스터들에게, 선제공격!

"생긴 건 되게 맛있어 보이는 것들이……! 내가 직접 요리해 주마!"

용사 마사토의 공격. 전력을 다해 휘두른 성검 필마멘트에서, 굶주린 충격파가 뿜어져 나왔다.

공중에 떠 있던 멜론 타입 몬스터에게 명중! 두 동강이 났다!

"어때! 겸사겸사 한가운데의 씨앗만 도려낸 후, 아이스크림이라도 토핑해 줄까!"

"하아. 겨우 썰기만 해놓고 우쭐대지 말아 줄래? ……요리라는 건 말이지? 이렇게 하는 거야!"

현자 와이즈의 공격.

"스파라 라 마지아 펠 미라레…… 화염(푸오코 피암마)! 그리고! 화염(푸오코 피암마)!"

연속 마법 발동. 활활 타오르는 불꽃이 상단과 하단의 2층 구조로 발사됐다.

공중에 떠 있던 사과 타입 몬스터가 양면 그릴 안에 집어넣은 것처럼 익었다! 달콤하고 그윽한 향기가 주위에 감돌았다!

"흐흥~! 구운 사과야! 이런 게 바로 요리거든?"

"쳇! 분하지만, 확실히 요리 같기는 하네! ……그럼 이 승부는 와이즈의 승리……."

"기다려주세요. 이번에는 제가 멋진 요리를 선보이겠어요."

""뭐?""

치유술사 메디가 눈을 꼭 감으면서 걸음을 내디뎠다.

"느껴져요……. 저에게 요리되고 싶은 건, 당신이군요! 에잇!"

치유술사이면서도 회복 마법보다 타격력이 더 정평이 난 메디의 공격.

온 힘을 다해 휘두른 지팡이가, 지면을 굴러다니던 수박 타입 몬스터에게 크리티컬 히트!

그리고, 차마 쳐다보지 못할 만큼 무참하게 박살 났다.

"손맛이 느껴졌어요! 제 요리는 얼마나 멋지…… 어?"

"요리계의 전위예술가인 메디가 요리랍시고 저지른 행위는, 역시 불행한 결과를 맞이했네……."

녹색 껍질과 새빨간 속살이 산산이 박살 난 채, 사방에 흩뿌려져 있었다.

처참한 사건 현장 같은 그 광경에서, 마사토 일행만이 아니라 과일 타입 몬스터들조차 슬그머니 고개를 돌렸다…….

어이, 몬스터.

"아, 노닥거릴 때가 아냐! 빨리 전투를 마치고, 마을에 가서 점심 먹자! ……그러니, 바라는 바는 아니지만……."

"우후후. 이 엄마 차례네."

마사토가 시선을 보내자, 이미 전투 준비를 마친 마마코가 평소처럼 빙그레 미소 지었다.

"그럼 요리할게……. 에잇!"

마마코의 공격. 두 자루의 성검이 상냥히 뽑히면서 휘둘러졌다.

먼저 효과를 발휘한 것은 바다의 성검 알투라. 아름다운 물이 생성되더니, 바나나와 포도와 파인애플 같은 과일 타입 몬스터들을 한꺼번에 깨끗하게 씻었다.

이어서 대지의 성검 테라디마도레의 힘이 발동됐다. 지면에서 대량의 바위 칼날이 출현하더니, 그것들도 깨끗하게 씻긴 후에 표적을 공격했다.

순식간에 껍질을 벗기고 윗부분이 잘려 나가더니, 먹기 좋은 사이즈로 커팅됐다.

그리고 물로 된 그릇에 놓이면서, 완성.

과일 타입 몬스터 떼가 맛있게 잘린 모듬 과일 세트가 됐다!

"자, 다들 먹으렴."

"초특급 디저트네……. 하지만 결국은 몬스터니까 못 먹겠어."

"맞아. 아쉽지만, 못 먹겠네."

색상도 선명해서 참 맛있어 보이는 모둠 과일 세트지만, 어디까지나 과일 타입 몬스터의 잔해다. 결국 차례차례 가루가 되며 사라졌다.

그렇게 과일이 눈깜짝할 사이에 사라진 후, 물로 된 그릇 위에는 컬러풀한 젬만이 산더미처럼 놓여 있었다.

"왠지…… 젬도 참 맛있어 보이네." 꿀꺽.

"과일 젤리 같군요. 자, 와이즈 양. 하나 먹어 보세요."

"아앗, 잠깐만요! 제법 맛있어 보이기는 하지만, 젬은 먹거리가……!" 꼬르륵~.

바로 그때, 포타의 배에서 귀여운 소리가 흘러나왔다. "아앗?!" 포타는 얼굴을 새빨갛게 붉히더니, 배를 감싸 쥐며 몸을 웅크렸다.

그 모습을 따뜻한 눈길로 계속 쳐다보고 싶지만…… 신사인 마사토는 두 손으로 귀를 막으면서 아무것도 못 들은 척했다.

"좋아~. 다들, 오늘은 일주일에 딱 이틀뿐인 외식 날이야. 젬도 먹지 말고 환금해서, 디저트도 마음껏 사 먹자고. 엄마,

그래도 되지?"

"응. 그편이 좋을 것 같아. ……그럼, 포타 양."

"아, 네! 젬 회수는 제 일이니까요! 저한테 맡겨주……!" 꼬르륵~.

포타의 배에서 또 귀여운 소리가 나자, 포타는 또 얼굴을 새빨갛게 붉히면서 허둥댔지만…….

신사인 오빠는 또 아무것도 못 들은 척을 해줬다.

한 걸음 내디디자마자 또 적과 마주치는 것 같은 고전적인 사태는 발생하지 않은 가운데, 마사토 일행은 마을에 도착했다.

이곳은 이름 없는 숙박촌. 소박한 인상의 건물과 흙으로 된 길이 농촌 같은 분위기를 자아내고 있었다.

하지만 적지 않은 숫자의 상점이 줄지어 있었고, 마을 사람과 모험가가 빈번히 길을 오가고 있었다. 꽤 붐비는 것 같았다.

마을 풍경을 둘러보면서 음식점이 줄지어 있는 길에 도착했을 때였다.

"……어? 뭐야. 비가 새서 수리라도 하는 걸까?"

눈에 들어오는 거의 모든 가게가 지붕을 보수하고 있었다. 조금 신경이 쓰였지만…….

허기진 배를 자극하는 냄새에 정신이 팔렸다.

"그럼, 점심 메뉴를 정하자. 먹고 싶은 게 있니?"

"아, 그래. ……나는……."

마사토가 먹고 싶은 것을 말하려던 바로 그때였다.

"그러니까, 적당히 좀 해!"
"그쪽이야말로, 적당히 좀 하란 말이야!"

음식점 거리 한복판에 사람들이 모여 있었으며, 그중에는 말다툼 중인 이도 있었다.
한 사람은 벨리댄서를 연상케 하는 대담한 의상을 입은 소녀였다. 나이는 마사토보다 약간 많아 보였다. 체형은 와이즈와 좋은 승부가 될 것 같았다.
다른 한 사람은 기모노 위에 앞치마를 걸친 여성이었다. 보아하니 40대 정도로 보였다.
두 사람은 고함을 지르는 것만으로는 부족한지, 이마를 맞댄 채 격렬하게 말다툼을 벌이고 있었다.
"이 참에 딱 잘라 말하겠는데 말이야! 그쪽의 고리타분한 모습이 눈에 들어오기만 해도 불쾌하거든?! 영업 방해야!"
"그건 내가 할 말이야! 그딴 볼썽사나운 복장으로 돌아다니기는…… 옷 좀 제대로 입어!"
"요즘 음식점은 비주얼도 중요하거든?! 그런 것도 이해 못 하는 거야?!"
"음식점은 맛으로 승부하는 곳이야! 그것으로 충분하잖아!"
"정말 돌대가리네! 하아, 이제 됐어! 말해봤자 소용없잖아! 흥!!"

"대목에 시간만 낭비했다니깐! 흥!!"

그렇게 말다툼을 벌인 두 사람은 서로에게 등을 보이며 뒤돌아서더니…….

길을 사이에 두고 마주 보는 음식점…… 작지만 인도 궁전 같은 느낌의 화려한 가게에, 게임 속 마을에서 흔히 보는 심플한 가게에 들어갔다.

바로 그때였다.

"하아, 정말! 엄마는 왜 항상…… 어?"

벨리댄서 복장의 소녀가 근처에 있던 마사토 일행을 발견하더니…….

굶주린 짐승처럼 흉포하게 달려들었다. "크르릉!!", "우와앗?!" 아까 전의 마사토 일행 못지않은 폭주 모드였다.

"여러분은 우리 가게의 손님이죠?! 틀림없죠?!"

"아, 아니…… 가능하면 우리 말고 다른 사람을 추천하고 싶은데…… 어라?!"

근처에 있던 사람들은 그 소녀의 기세에 겁먹은 건지, 사방팔방으로 뿔뿔이 흩어졌다.

게다가…….

"저 가게에서 카레 향기가 나네. 참 맛있을 것 같아."

"이보셔요, 엄마! 안 돼! 그런 소리를 했다간……!"

"맞아요! 우리 가게는 진짜 맛있는 카레 전문점이죠! 손님 다섯 분, 안내할게요~!"

"아아아아아……."

NO란 말이 입 밖으로 나오지 못하게 하는 환영 파워에 의해, 마사토 일행은 그대로 인도 궁전 같은 가게에 끌려 들어갔다.

특별한 냄새와 이채로운 분위기가 감도는 가게의 입구 문을 통과했다.

향신료 냄새와 함께 그들을 맞이한 것은 거대한 코끼리 조각상이었다. 꽤 좁아 보이는 가게 안에는 노송나무 문양과 페이즐리 문양의 태피스트리가 걸려 있어서, 민속적인 분위기로 가득 차 있었다.

가게 앞에서 대판 싸운 탓인지, 가게 안에는 손님이 없었다.

점원은 한 명. 환한 표정으로 접객하고 있는 소녀뿐이었다.

"어서 오세요! 저는 이 가게의 점장인 라쟈예요! 성심성의를 다해 손님 여러분을 모실게요! 자, 자리에 앉으세요! 금방 물을 내올게요!"

"아, 네. 고마워요……."

벨리댄스를 추듯 몸을 꼬물거리는 라쟈의 허리에 무심코 눈길이 "마 군?", "안 봤어요!" 옆에 어머니가 있다는 건 여러모로 큰일이다. 마사토는 천장을 쳐다보며 걸음을 옮겼다. 천장 또한 페이즐리 무늬로 뒤덮여 있었다.

일행은 부엌 근처의 자리로 안내됐다. 동그란 테이블에 마사토, 마마코, 와이즈, 메디, 포타 순서로 둘러앉았다. 자…….

“일단, 배가 고픈 건 진짜야. 카레에 불만은 없으니까, 빨리 먹고 나가자고. 괜한 일에 고개를 들이밀지 말자.”

“으음……. 하지만 아까 그건 부모 자식 간의 싸움 같아 보이지 않았어?”

“라자 양이 『엄마』라고 불렀으니까, 아마 틀림없겠죠.”

“부모 자식 사이에 무슨 일이 있는 걸까요! 저, 신경 쓰여요!”

“그래. 부모 자식 간의 문제라면…… 저기, 마 군. 이야기만이라도 들어보는 게 어떻겠니?”

마마코를 시작으로, 동료들이 마사토를 뚫어지게 쳐다봤다. 뚫어지게 말이다.

“하……. 알았어. 일단 밥을 먹고 나서, 좀 내키면 말이야.”

이제 식사만으로 끝나지 않을 듯한 느낌이 마구마구 들지만, 일단 식사를 하기로 했다.

마사토는 메뉴 책을 향해 손을 뻗더니, 바로 주문하려고 했지만…….

【사그】, 【삼바르】, 【다르】, 【코르마】.

마사토가 모르는 단어가 잔뜩 적혀 있었다.

“으음…… 저기, 라쟈 씨. 여기는 카레 가게 아닌가요?”

“카레 요리 가게 맞아요. 하지만 카레란 이름의 요리는 없어요. 흔히 카레라고 부르는 것에도 종류가 많거든요. 소개해 드릴게요.”

물을 가져온 라쟈의 말에 따르면…….

『사그』는 시금치와 잎채소를 이용한 카레 요리.

『삼바르』는 계절 채소를 푹 끓여서 만든 수프 카레.

『다르』는 콩을 갈아서 푹 익혀 만든 카레 요리. 잼처럼 걸쭉한 것부터 수프까지 다양.

『코르마』는 향신료에 요거트와 코코넛을 넣어서 끓인 카레 요리.

마사토 일행은 설명을 들었지만 더욱 고민에 빠졌다.

"얼추 이미지는 파악했어. ……하지만……."

"핵심인 맛을 상상할 수가 없네……."

"뭘 고르면 좋을지, 고민되네요……."

"어느 카레 요리가 맵지 않으려나요……."

마사토 일행이 메뉴 책을 노려보며 골머리를 썩이고 있을 때…….

마마코가 이렇게 말했다.

"기왕이면 전부 주문해서, 다 같이 맛을 비교해 보는 건 어떻겠니?"

"그거야!", "그거네!", "그거네요!", "그거예요!"

"알겠어요! 그럼, 밥과 난도 전부 세트로 내올게요!"

해답은 매우 간단했다.

본격적인 가게에서, 본격적으로 카레를 먹는다면…… 식사 때 이용하는 건 오른손 엄지, 검지, 중지의 두 번째 관절까지만 이용하는 게 아름다운 식사 예절이라고 한다.

하지만 사소한 건 개의치 않으며, 왼손과 수저도 이용하기로 했다.

"잘 먹겠습니다~. ……오오! 사그, 맛있어! 밥도 남김없이, 아니, 난도 남~김없이 먹을 수 있겠네! ……아."

마사토가 그런 말장난을 입에 담자, 와이즈와 메디가 차가운 시선으로 째려봤다. "……실례했습니다." 잘못했을 때는 제대로 사과하는 게 중요하다.

"삼바르도 맛있어. 제철 채소를 푹 익혀서 만든 거라더니…… 왠지, 된장국과 비슷한 느낌이 드네."

"다르도 맛있어요. 콩으로 만든 카레 요리니까 건강에 좋을 것 같아요."

"코르마는 맵지 않아요! 저도 먹을 수 있어요! 맛있어요!"

"어머나, 포타 양. 볼에 카레, 아니, 코르마가 묻었어. ……아, 마 군도 볼에 사그가 묻었네. 가만히 있으렴."

"아, 됐어! 내가 닦을게!"

밥과 난에 각종 카레 요리를 묻혀서 입에 넣었다.

식욕은 정직했다. 마사토 일행은 순식간에 음식을 전부 먹어 치웠다.

너무 만족스러워서 약간 얼이 나가 있을 때, 라쟈가 식후 드링크를 가져왔다. 흰색 음료가 가득 담긴 잔이 줄지어 놓였다.

"라씨예요. 카레와 어울리는 음료하면, 이거니까요."

"아~ 들은 적 있는 것 같아요. 요거트 음료죠?"

꿀꺽 마셔보니, 상쾌한 산미와 단맛이 입안에 남아 있던 카레 향기를 씻어내서 개운하게 만들어줬다.

카레 요리와 라씨의 궁합은 끝내줬다.

"대박. 이거, 중독될 것 같아."

"잘됐네요. 오빠도 카레 요리 마니아가 되어서, 이 가게를 몇 번이든 찾아주세요. 항상 기다리고 있을게요."

라쟈는 화려한 의상과 다르게 꾸밈없는 미소를 머금더니, 접시를 정리해서 카운터 너머로 가져갔다.

마사토가 그 모습을 쳐다보고 있을 때, 마마코가 그의 팔을 톡톡 두드렸다.

"저기, 마 군. 이제 슬슬 괜찮지 않을까?"

"큭……. 까먹지 않은 거구나……."

본심을 말하자면, 역시 내키지 않지만…… "저기, 마 군?", "하아, 정말. 알았다고!" 끈질긴 마마코에게 지고 만 마사토는 질문하기로 했다.

"라쟈 씨. 설거지하느라 바쁜데 실례할게요. 뭐 좀 물어봐도 될까요?"

"아, 네. 뭔가요?"

"아까 맞은편 가게 사람과 싸우는 것 같던데……."

왜 싸운 건지, 이유를 알려줬으면 했지만…….

그 순간, 쨍그랑! 하면서 접시가 깨지는 소리가 들려왔다.

그리고 라쟈는 부들부들 떨더니, 혈관이 터지기 직전인 얼굴로 빙긋 미소 지었다.

"네엣? 맞은편 가게 사람이라뇨? 무슨 소리인지 모르겠는데요~?" 부글부글.

"아, 네. 그렇군요. 실례했어요."

망했다. 물어봤다간 그대로 폭발할 것이다.

마사토 일행은 낮은 목소리로 동료끼리 몰래 논의했다.

"안전제일이야. 우리끼리 추리를 해보자. ……우선, 라자 씨와 맞은편 가게 사람은 아마 모녀지간일 거야."

"그리고, 테스트 플레이어일 것 같네. 그 근거는 두 사람의 복장이야."

"벨리댄서 의상과 기모노…… 양쪽 다 게임 세계에서 본 적 없는 옷이니까요……. 포타 양이 보기에는 어떤가요?"

"두 사람 다 평범한 장비품과 달라 보였어요! 초회 특전일 가능성이 커요!"

"그렇다면…… 저기, 마 군?"

"아~ 그래. 더더욱 내버려둘 수 없게 됐는걸……. 하아……."

문제의 두 사람은 테스트 플레이어로서 참가한 어머니와 딸이다.

요리 관련 비전투 직업으로 계정 등록을 하고, 게임 세계에서 가게를 차려서 활동하고 있는 것이리라.

"관련성은 그 정도로 보고, 다음은 싸운 이유인데……."

"부모 자식끼리 싸우는 건 흔한 일 아냐? 우리 집도 그렇거든."

"부모 자식이 대판 싸우고 흩어져서 따로 활동한다는 점은 예전의 와이즈 모녀와 똑같긴 하네. 게임의 취지를 무시하며 문제를 일으키는, 골치 아픈 모녀지간인걸."

"큭…… 자기 무덤을 팠어……."

"그렇다면 역시 해결해야만 할 테니까, 자초지종을 알고 싶은데……. 라쟈 씨에게 물어보는 건 무리일 테니…… 맞은편 가게에 가서 이야기를……."

"맞은편 가게에 갈 건가요! 흐음, 그런가요! 그렇다면, 돌아가기 전에 계산부터 해주세요!"

느닷없이 그런 목소리가 들려왔다.

그리고 어느새 다가온 라쟈가 쾅~! 소리가 나게 계산서를 테이블 위에 내려쳤다. 청구된 금액은…….

【500,006,000】

5억, 6천 맘이었다.

"맞은편 가게에 가는 손님께는 1인당 1억의 특별 요금이 청구하겠어요!"

"아무리 바가지를 씌워도 그렇지, 이 금액은 해도 너무하잖아요……."

"꼭 낼 필요는 없거든요?! 그딴 사람의 가게에 가지 않겠다고 약속해 준다면, 6천 맘만 청구하겠어요! 자, 어떻게 할래요?!"

"아, 알았어요. ……그럼……."

마사토는 불안 섞인 표정을 짓고 있는 동료들을 둘러본 후, 힘차게 고개를 끄덕였다.

"일단, 6천 맘만 내고…… 부족한 금액은, 와이즈와 메디가 일해서 갚을 거예요."

용사답게, 의연한 태도로 결단을 내렸다.

이것은 어쩔 수 없는 선택이다.

라쟈의 가게 앞에서 뒤돌아선 마사토는 그대로 걸음을 옮겼다.

"마사토오오오오!! 너, 두고 봐아아아앗!!"

"이 취급은 정말 너무하잖아요! 또 빚 때문에 일하게 되다니……!"

"거기 두 사람, 도망치면 안 돼~. 가게로 돌아가서, 유니폼으로 갈아입자~."

마사토에게 매달린 와이즈와 메디는 그대로 가게로 끌려갔다.

차마 쳐다볼 수 없는 광경이다. 하지만 어쩔 수 없다.

당혹에 찬 마마코와 포타의 시선도 꽤 따갑지만, 그래도 견뎌냈다.

"우리에게는 사명이 있어. 부모 자식 사이에 일어난 문제를 밝혀내서 해결한다……. 그럴 시간을 번다고 하는 중요한 임무를, 저 두 사람에게 맡긴 거지. 그렇게 된 거야."

"화, 확실히, 라쟈 씨 모녀의 문제를 해결하고 싶기는 하지만……."

"정말, 이래도 괜찮을까요……."

"괜찮아. 이건 내 판단이야. 포타는 물론이고, 엄마도 이런 건 못해. 나니까 할 수 있어. 용사인, 나니까……."

그렇게 생각하니, 자기 자신이 좀 자랑스러웠다.

나중에 와이즈와 메디에게 어떤 복수를 당할지…… 그런 생각만 해도 정말 무섭고, 눈물이 날 것 같지만 말이다.

"괜찮아. 무사히 해결하기만 한다면, 전부 원만하게 해결돼. 그러니 우리는, 우리가 해야 할 일에 전념하자."

"……알았어. 와이즈 양과 메디 양이 힘써주는 사이에……."

"저희가 이야기를 들어보고, 전부 해결하는 거예요!"

"좋아! 그럼 가자! 라자 씨의 어머니가 하는 가게는 코앞에 있어!"

길 건너편의 가게이니, 진짜로 이미 코앞에 있었다.

겉보기에는 게임 세계의 마을에서 흔히 보는 평범한 서양식 식당이었다.

가게 안 또한 겉모습과 마찬가지로, 서양식 테이블 석이 배치된 평범한 음식점 느낌이었다. 이쪽도 아까 길가에서 대판 싸운 탓인지, 유감스럽게도 손님이 없었다.

마사토 일행이 안으로 들어가자, 가게 분위기에 전혀 어울리지 않는 기모노 앞치마 복장의 여성이 그들을 맞이했다. 라쟈와 싸웠던 그 사람이다.

"어서 오세요. 세 분이시군요. 자리로 안내하겠습니다."

"아, 네. 감사해요."

마사토 일행은 일단 평범한 손님을 가장하면서, 그 안내에 따라 세 사람은 4인용 테이블에 앉았다.

"그럼, 우선…… 뭐라도 주문하는 편이 좋으려나."

"그럴 필요는 없답니다. 우선 맞은편 가게에 들렀다 오신 손님께는 『여주인의 변덕 세트』를 제공하게 되어 있죠. 잠시만 기다려주세요."

온화한 미소를 머금으며 계산서를 테이블 가장자리에 둔 여성은 가게 안쪽으로 들어갔다.

마사토가 별생각 없이 그 계산서를 살펴보니…….

【변덕×3 : 300,000,000】

변덕으로, 한 사람당 1억씩 바가지가 씌워져 있었다.

"……저 사람, 라쟈 씨의 엄마가 맞아. 틀림없어. 모녀답게 하는 짓거리가 똑같아."

"어머나. 그럼, 이번에는 이 엄마가 일해야겠네."

"저도 도울게요! 이것으로 와이즈 씨, 메디 씨와 같은 처지예요."

"아니, 그런 상황을 피하려고 힘내자는 거야. 어떻게든 자초지종을 캐내서, 모녀 사이의 문제를 해결하면……."

"오래 기다리셨습니다."

예상보다 빨리, 그 여성이 돌아왔다. 시원한 느낌의 그릇 세 개가 놓인 쟁반을 들고 오더니…… 마사토 일행 앞에 놓았다.

우선, 찹쌀 안미츠. 깍둑 썰기를 한 우뭇가사리와 삶은 팥, 찹쌀 경단에 팥소를 곁들이고 꿀을 뿌렸다. 일본풍 단맛이 결집한 일품요리다.

이어서 쿠즈키리. 물에 녹인 칡가루를 익히고 식힌 후, 국수처럼 잘라서 꿀을 뿌려 먹는 과자.

그리고 물 양갱. 단팥에 우뭇가사리를 섞어서 굳힌, 물기가 많은 양갱.

이렇게 세 요리가 나왔다.

"식사는 맞은편 가게에서 하셨을 테니, 디저트를 준비했답니다."

"그건 감사한데…… 하나당, 1억 맘인가요."

"1억 맘입니다."

"저기, 괜찮다면 적정 가격에 제공을……."

"1억 맘입니다."

여전히 온화한 미소를 머금은 채, 반박을 허락하지 않는 듯한 어조로 그렇게 말했다. 설득은 무리네.

상대방은 매우 언짢은 상태이며, 마사토의 교섭은 실패했다. 이렇게 되면 손쓸 방법이 없다…….

하지만, 바로 그때였다.

"그럼, 어머니끼리 수다를 떨면서 기분이 조금 풀린다면, 그만큼 깎아준다는 건…… 어떤가요?"

마마코가 교섭에 나섰다. 웃는 얼굴로 가격을 깎으려 했다.

그 효과는…….

"……뭐, 어머니끼리라면 할 이야기가 있을지도 모르겠네."

상대방의 태도가 부드러워졌다. 길이 열렸다!

어머니끼리만 통하는 무언가가 있는 것 같았다…….

"혹시 이건 마마 씨의 스킬인가요?!"

"엄마 특수 스킬…… 아니, 일상 스킬 【어머니 링크】야. 어머니들이 마주치면 저절로 발동하는 스킬이지."

어머니란 원래 그런 존재다, 라는 느낌의 상용 스킬이다.

여성은 가게 안쪽으로 향하더니 마실 것을 가지고 돌아왔다.

그리고 빈자리에 앉아서 차를 한 모금 마셨다. 그리고 후우~ 하고 깊은 한숨을 토하더니, 이야기를 시작했다.

"저는 유즈키라고 해요. 유감스럽게도…… 라쟈라는 이름을 쓰며, 무용수 복장을 하고 카레 요리점을 운영하고 있는 저 못난 딸의 어미죠."

"그, 그런가요……. 그게, 저기…… 뭐라고 말하면 좋을지……."

겉보기에 자기 부모보다 연상인 사람과 대화를 나누는 것은 매우 허들이 높다.

그렇기에, 마사토는 은근슬쩍 마마코에게 시선을 보냈다. "우후후. 맡겨줘.", "잘 부탁드리옵니다." 엄마 동반이라, 정말 다행이다.

"그럼, 우리도 자기소개를 해야겠네. 저는 오오스키 마마코라고 해요. 그리고……."

"아들인 마사토예요. 물 양갱을 먹으면 말이 없어지는 습성을 지녔어요."

"저는 동료인 포타예요! 그리고, 저기…… 저, 저도 안미츠를 먹으면 말이 없어져요!"

"두 사람 다 반가워. 사양 말고 많이 들렴. ……실은, 여러분에 대해서는 알고 있어요. 잡지로 본 적이 있거든요. 부모 자식 사이의 문제를 해결해 준다면서요?"

"그저 괜한 참견을 할 분이지만 말이에요. ……괜찮다면,

다툰 이유를 물어도 될까요?"

"물론이에요. 저도 허심탄회하게 전부 털어놓겠어요."

마마코와 유즈키의, 어머니 토크가 시작됐다.

참고로, 마사토와 포타는 음식 담당이다. "오, 맛있는걸.", "맛있어요." 적재적소다.

"우선 현실 세계의 이야기를 하자면, 저는 집에서 전통 요리점을 운영하고 있어요."

"어머나, 멋지네요."

"유명한 가게는 아니지만요. 증조부 대부터 이어져 내려온 가게인데…… 너무 오래되어서 다시 짓는 게 어떻겠냐는 이야기가 나왔죠. 바로 그때였어요."

"무슨 일이 일어난 거죠?"

"요리 학교에 다니던 딸이 『전통 요리점 같은 건 인기 없으니까, 카레 가게를 하자!』는 소리를 했어요. 그래서 다툼이 일어난 거죠."

"대대로 이어져 내려온 가게니까, 함부로 바꿀 수 없는 부분도 있을 테니까요……."

"그래요. 하지만 딸은 그런 점은 전혀 생각하지 않으며, 멋대로 떠들어대기만…… 가게가 영업 중인데 언성을 높이며 난리를 피우기까지……. 정말, 난리였다니까요."

꽤 심각한 상황인 것 같다.

그건 그렇고…….

"……안미츠도 맛있네."

"네! 마사토 씨도 드세요!"

"고마워~. 그럼, 답례로 물 양갱을 한 입 선물할게. 자, 아~."

"아~!"

조그마한 입에 물 양갱 조각을 살며시 넣어주자, 환한 미소의 꽃이 피어났다. "잘 먹었습니다!", "그 미소야말로 최고의 디저트야." 이상한 의미가 아니라, 진짜로 마사토는 마음이 가득 채워지는 느낌을 받았다. 아무튼…….

어머니 토크는 클라이맥스에 이르렀다.

"그런 우리를 보다 못한 단골손님이 이 게임을 가르쳐줬어요. 부모 자식이 함께 모험하며 가까워지는 게 어떻겠냐면서요."

"그래서 두 분은 이 게임에……."

"뭐, 신청 이유는 그렇게 둘러댔죠. ……하지만, 실은 달라요."

"다르다고요?"

"저와 딸이 각각 마음 가는 대로 가게를 운영해서, 누가 더 잘 되는지로 대결을 하기로 했어요. 그 결과를 가지고, 현실 세계의 가게를 어떻게 할지 정하기로 했죠."

부모 자식의 진심 승부. 그것이 유즈키와 라쟈 모녀의 목적이다.

슬쩍 이야기에 귀를 기울이고 있던 마사토는 가슴 속에 담겨 있는 배틀 스피릿이 끓어올랐기에, 무심코 몸을 쑥 내밀며 이야기에 끼어들었다.

"오오…… 단순한 관계 수복이 아니라, 서로가 양보할 수 없는 것을 걸고 싸워서 결판을 내기 위해서 부모 자식이 게임 세계에 뛰어들었다니…… 정말 열정적이네요."

"제가 무심코 잔소리를 해버리는 바람에, 서로 다툴 때도 많지만 말이에요. 하지만 저와 딸은 가장 중요한 목적을 잊지는 않았어요."

"그런가요……. 그렇다면……."

"모녀간의 중요한 승부를 방해해선 안 된다고 생각해요!"

"그래. 나도 같은 생각이야. ……엄마도, 마찬가지지?"

"으음……. 그럴까……. 으음……."

마마코는 고개를 갸웃거리면서 낮은 신음을 흘렸지만…….

"부모와 자식이 따로 행동하고 있는 점은 문제일지도 모르지만, 그런 이유가 있다면 그냥 두 사람에게 맡겨도…… 어, 잠깐만 있어봐. 그렇다면……."

유즈키와 라자의 문제는 본인들에게 맡기기로 한다면…….

이 일은 해결이 됐지만, 카레 가게에 진 빚은 없었던 것이 안 되니까…… 혹시, 와이즈와 메디는 이대로 계속 그 가게에서 일하게 될지도……?

그런 중대한 점에 대해 대충 생각하고 있을 때였다.

……꼬르르르륵…….

가게 밖에서, 묘한 소리가 들려왔다.

그 순간, 유즈키는 허둥지둥 자리에서 일어났다.

"이 소리…… 틀림없어! 드디어 왔구나! 마마코 씨, 그리고 포타 양도 좀 도와주지 않겠니?!"

"……어, 나는……?"

유즈키의 부탁은 바로…….

10분 후.

가게 앞에는 유즈키와 마마코와 포타, 그리고 겸사겸사 마사토가 줄지어 섰다.

여성들은 기모노 앞치마 차림이다. 옷소매를 걷어붙인 어머니들은 힘차 보였고, 어린 얼굴마담이 발돋움하는 모습이 머리를 쓰다듬어주고 싶을 만큼 귀여웠지만…….

그럴 때가 아닌 분위기가, 상대방 가게 앞에서 풍겨오고 있었다.

"이 바보 마사토! 너, 뒈질 줄 알아!"

"저희를 팔아넘긴 것을 후회하게 해주겠어요!"

"배신하다니, 정말 실망이야! 부끄러운 줄 알아!"

저쪽에는 속이 비쳐 보이는 벨리댄서풍 유니폼을 입은 와이즈와 메디와 라쟈가 줄지어 서 있었다. 어찌 된 건지 라쟈까지도 마사토를 노려보고 있었다.

볼륨 면에서 차이 나기는 하지만 대담하고 에로틱한 그 모습에 무심코 눈길이 갔지만…… 시선이 마주쳤다간, 그대로 물어뜯길 것만 같았다.

그런 두 진영만이 아니라, 다른 가게에서도 사람들이 보였다. 요리사, 웨이터, 그리고 손님도 말이다. 수많은 사람이 창문이 찰싹 들러붙어서, 불안한 표정으로 응시하고 있었다.

VS

"이 상황은 뭐야……. 유즈키 씨, 이게 그만 설명해 주지 않겠어요?"

"이 숙박촌에는 『전설의 미식가』라 불리는 사람이 나타나. 그 사람을 만족시키는 건, 요리인에게 있어 최고의 명예란다. 그리고 그 입소문을 타면서, 가게에는 손님들이 어마어마하게 몰려."

"아하. 그 사람에게 판정을 부탁해서, 부모 자식의 승부에 결판을 내려는 건가요."

"그래. ……이 타이밍에 오다니, 정말 잘 됐어. 마마코 씨와 포타 양이 협력해 준다면, 내가 이길 게 틀림없어."

"그리고 저는 도움이 안 된다는 거네요. 뭐, 어차피 요리는 할 줄 모르니까요. ……하지만……."

"부모 자식이 이런 식으로 대결을 펼쳐도 되는 걸까……. 좀 판단이 안 서네."

대들보처럼 여겨지고 있는 마마코가 애매한 미소를 머금었다.

의욕이 없는 건 아니지만, 뭔가 생각하는 바가 있는 것 같은데…….

바로 그때였다. 길 끝에서 금으로 된 식자재 모양 장식으로 꾸며진 화려한 마차가 나타났다. 그리고 지붕 위에는 근육질의 노신사가 서 있었다.

그냥 마차 안에 타면 될 텐데, 마치 당연한 듯이 지붕 위에 당당히 서 있는 저 사람이 바로…….

"기다리게 했군! 내가 바로 전설의 미식가, 쿠후쿠다!" 꼬르르르륵~!

팡파르처럼 꼬르륵 소리를 내면서, 전설의 미식가 쿠후쿠가 나타났다.

"자, 나를 만족시킬 요리를 바쳐라!"

쿠후쿠는 가볍게 손가락을 튕겼다. 그러자 유즈키와 라쟈의 가게 앞에 조리대가 홀연히 나타났다. 조리 기구와 조미료가 완벽하게 갖춰져 있었으며, 대량의 식재료와 접시도 준비되어 있었다.

"메뉴는 본인들에게 맡기겠다. 만들어둔 요리를 가져와도 상관없다. 그럼…… 유일하게 의욕이 없어 보이는 소년이여, 신호를 맡기겠다."

"아니, 의욕이 없는 게 아니라 딱히 할 일이…… 하아, 정말! 요리 스타트!"

그 신호에 맞춰, 참가자들이 일제히 행동하기 시작했다.

라쟈의 가게에서는 와이즈와 메디가, 향신료가 들어 있는 병을 잔뜩 안아서 들고 있었다.

"하자, 메디! 이 순간만큼은, 너한테 요리를 허락하겠어!"

"맡겨주세요! 비장의 요리를, 마사토 군에게 대접하겠어요!"

두 사람은 곰솥에 "이거, 카레 가루 같아?", "글쎄요. 모르겠네요.", "그럼 넣자." 손에 잡히는 대로 각종 향신료를 집어넣고 있었다…….

"이봐, 거기! 상대는 내가 아니거든?! 쿠후쿠 씨에게 먹어달라고 해!"

"왠지, 오한이 드는걸……. 좋아. 저 소녀들의 요리는 소년에게 시식을 맡기도록 하지."

"잠깐만, 나?! 농담이지?!"

"전설의 미식가에게 도전할 요리는, 내가 따로 준비할 거야! 두 사람의 요리는 마사토가 먹어도 돼!"

"라쟈 씨까지, 무슨 소리를 하는 거야?!"

대(對) 마사토 용 병기가 제작되는 가운데, 라쟈가 옆에서 조리를 시작했다.

조그마한 냄비 네 개를 신중하게 옮겨오더니, 불 위에 얹었다. 조리는 요리는 시간이 오래 걸리기에, 미리 만들어둔 것으로 승부하려는 것 같았다.

난을 준비하면서도 발효 처리를 해둔 것을 썼다. 끝부분을 당기며 밀방망이로 늘려서, 굽기만 하면 되는 상태로 완성했다.

역시 탄두르 가마(항아리를 뒤집어둔 듯한 형태의 전통 점토 오븐)는 없지만, 마법으로 양면 그릴 구이가 가능한 현자가 있으니 어떻게든 될 것이다.

한편, 유즈키 측은…….

"시작하자! 우선 튀김용 냄비에 기름을 듬뿍 담아서 불 위에 얹고…… 저와 마마코 씨는 재료 손질을 하죠!"

"알았어요. 최선을 다할게요."

"토파 양, 차가운 물을 준비해 주겠니?"

"네! 맡겨만 주세요! 아이템 리크리에이션으로, 얼음처럼 차가운 물을 만들게요!"

사용하는 식재료는 새우, 오징어, 가지, 연근.

새우 껍질을 벗기고, 등의 내장을 빼냈다. 그리고 두툼하고 넓적하게 썬 오징어에 칼집을 넣었다. 가지와 연근 또한 적당한 크기로 잘랐다. 이것으로 재료 준비는 끝났다.

그와 동시에, 포타가 찬물 준비를 마쳤다.

"얼음처럼 차갑고 깨끗한 물, 준비됐어요! 자요!"

"고맙구나! 그러면 다음은 튀김옷을 준비할게!"

달걀과 차가운 물, 그리고 숨김맛 삼아서 간 참마를 섞은 후에 마지막으로 밀가루를 더했다.

밀가루는 살짝 섞는 정도만 넣었다.

"마마코 씨! 기름은 어떤가요?"

"으음…… 딱 적당한 상태라고 생각해요."

튀김용 젓가락 끝에 튀김옷을 살짝 묻힌 후, 달군 기름 안에 넣었다.

튀김옷을 기름 한가운데까지 잠긴 후에 바로 떠올랐다. 기름은 약 180도 정도의 고온 상태였다.

"좋아요! 뒷일은 맡겨주세요! 이 승부…… 반드시 이기겠어요!"

밀가루를 묻힌 재료에, 튀김옷을 묻힌 후, 기름에 집어넣었다.

튀기면서, 젓가락으로 튀김옷을 흩뿌렸다.

『꽃피우기』라는 기법까지 구사하더니…….

"……지금이야!"

최적의 타이밍에 꺼내더니, 천지(유산지)를 깐 접시에 담았다.

당당히 완성!

"이것이 전통 요리점, 유즈키의 전통 메뉴…… 튀김이야!"

유즈키는 멋진 꽃이 피어난 튀김을 들어 보이면서 힘차게 선언했다. ……아무래도 유즈키는 자기 가게의 이름인 것 같았다.

유즈키가 그렇게 선언한 것과 거의 동시에, 맞은편 가게에서 목소리가 들려왔다.

"다 됐어! 우리 가게의 간판 메뉴, 4종 카레 요리 세트!"

사그, 삼바르, 다르, 코르마. 라쟈가 정성 들여 만든 카레를 한꺼번에 맛볼 수 있는, 호화로우면서도 저렴한 세트를 힘차게 들어 보였다.

그리고, 그 옆에서는…….

"우리는…… 아…… 뭐, 이쯤에서 완성인 걸로 할까."

"그래요. 어차피 마사토 씨가 먹을 거니까요."

와이즈와 메디가 거무튀튀한 무언가가 부글부글 끓고 있던 곰솥을 보여주면서, 손을 들었다. 그쪽은 전력으로 무시하면서…….

"양측의 요리가 완성된 것 같군. 그러면……."

쿠후쿠는 마차 지붕 위에서 멋지게 뛰어내리더니, 또 손가락을 튕겼다. 그러자 중후한 강철 테이블 세트가 출현하면서, 시식 준비가 끝났다.

자, 운명의 순간이 찾아왔다.

"거기, 방해되니까 비켜." 툭.

"잠깐만! 부모를 밀치다니, 무슨 짓이야!"

"아무 말도 안 들리거든~? 그것보다…… 심사 부탁드립니다!"

근소한 차이로 먼저 음식을 완성한 유즈키를 밀친 라쟈가 먼저 심사에 도전했다. 쿠후쿠의 앞에 네 종류의 카레 요리 세트가 놓였다.

유즈키와 라쟈를 지켜보던 쿠후쿠는 눈을 살짝 내리깔더니, 시식을 시작했다.

"그러면 맛보도록 할까."

난을 찢어서, 각종 카레 요리에 찍어서 먹었다.

"……호오……."

쿠후쿠는 눈을 치켜뜨더니, 감탄 섞인 한숨을 토했다.

그리고 계속 먹었다. 서서히 속도를 높이면서, 일심불란하게 단숨에 음식을 먹어치웠다.

엄청난 먹성이었다. 지켜보고 있던 마사토 일행은 그 광경에 압도당했다.

"이거…… 혹시, 바로 승리 선언이 내려지는 거 아냐?"

"그렇지? 그럴 것 같지?! 좋아! 엄마와의 승부에서 내가 이겼어!"

"그것보다, 마사토~. 너도 시식해~. 크크큭……."

"와이즈 양, 큰일 났어요! 저희 요리에서 무수한 발이 생겨나더니, 그대로 도망쳤어요!"

"그건 이제 요리가 아냐. 그냥 도망치게 둬. 나중에 모험가 길드에 토벌 의뢰를 해두겠어. ……그것보다……."

"잘 먹었습니다."

시식이 끝났다. 판정이 내려졌다.

다들 마른침을 삼키는 가운데, 쿠후쿠는 입을 열었다. 결과는……!

"분명 맛있지만…… 내가 찾던 요리는, 이게 아니다!"

쿠후카 갑자기 테이블을 걷어차 올렸다. 밥상 뒤집기가 아니라 테이블 뒤집기다.

중후한 테이블이 하늘을 가르며 날아가더니, 그대로 포물선을 그리면서…… 라쟈의 가게에 떨어졌다.

"어? ……자, 잠깐만?! 아아아앗?!"

강철 테이블이 가게에 명중했다. 천장 부분을 그대로 꿰뚫더니, 무시무시한 파괴음이 울려 퍼지면서 지면이 뒤흔들렸다.

외벽은 겨우겨우 남아 있지만, 신경 써서 만든 가게 내부는 엉망진창이 됐을 것이다.

"나를 만족시킨 자에게는 영광을. 그러지 못한 자에게는 제재를. 그것이 내 방식이다!"

"완전 폭군이네……. 혹시 다른 가게의 지붕이 보수 중인 것도 저래서일까……?"

아무튼, 라쟈의 요리는 쿠후쿠를 만족시키지 못했다.

"마, 맙소사……. 자신 있었는데……. 크윽!"

"그래, 참 아쉽겠네. 그럼, 다음은 내 차례야……. 자, 비켜."

툭.

이번에는 유즈키가 라쟈를 밀쳐내더니, 다시 출현한 강철 테이블에 튀김을 내려놨다.

"흠…… 그럼, 맛보도록 할까."

쿠후쿠가 시식을 개시했다.

곁들인 소금을 뿌려서 새우 튀김, 오징어 튀김, 가지 튀김과 연근 튀김을 한꺼번에 맛봤다. 정말 먹성이 좋았다.

"오오, 잘 먹는걸. 이번에는 좋은 평가를 기대해도 되는 거 아냐?"

"우후후! 그렇지?! 이걸로 승부는 갈렸어! 모녀 대결의 승자는 나야!"

"크…… 그럴 리가 없어……. 내가 엄마한테 질, 리가……."

승리를 확신한 유즈키는 충격을 받은 라쟈에게 들리도록 우월감이 가득한 웃음을 터뜨렸다.

하지만…….

"잘 먹었습니다. 이 요리 또한 틀림없이 맛있었다. ……하지만, 이것도 아냐!"

또 쿠후쿠가 걷어찬 강철 테이블이 유즈키의 가게에 메테오 임팩트를 날렸다.

라쟈와 유즈키는 지붕에 커다란 구멍이 뚫리고 내부가 엉망진창이 된 자기 가게를 얼이 나간 표정으로 쳐다보고 있었다.

저녁때가 되어가고 있었다. 야간 영업을 준비해야만 하는 시간대지만, 그럴 상황이 아닌 것 같았다.

결국, 울음소리까지 들려오고 있었다…….

"훌쩍훌쩍. 마사토에게 먹이려고, 열심히 만들었는데……."

"흑흑흑흑. 아직 늦지 않았어요. 잡아 와서 먹이는 거예요."

"아니, 무리거든? 이제 좀 봐줘. 빚 대신 일하게 만든 건 사과할게."

집념에 찬 소녀들의 거짓 울음은 무시하기로 하고…….

요리인 모녀를 쳐다보고 있던 쿠후쿠가 깊은 한숨을 내쉬었다.

"이제 끝인가 보군. 내가 찾는 요리…… 이 마음을 가득 채워줄 요리와는 만나지 못한 건가."

"그럼, 이제 끝난 거네. 우리도 이만 철수……할까 했는데 말이야."

뭔가 하고 있는 사람들이 있었다.

유즈키의 가게 앞에 있는 조리대에서 마마코와 포타가 뭔가를 하고 있었다.

"그럼, 포타 양. 아까처럼 차가운 물을 부탁해. 잔뜩 만들어야 하거든."

"네! 저한테 맡겨주세요!"

길쭉하게 자른 감자에 튀김옷을 묻힌 후, 일본식 튀김을 할 때보다 약간 낮은 온도의 기름(170도 정도)에 튀겼다.

몇 분 지나자, 마사토에게 매우 친숙한 향기가 주위에 감돌았다.

'이 냄새는…… 아, 그거구나.'

마사토는 흥미 없는 척을 하면서, 마마코와 포타를 향해 곧

장 걸어갔다.

"이보세요~ 엄마. 뭐 하는 거야?"

"이 참에 저녁 준비를 할까 하거든. 유즈키 씨와 라쟈 씨의 요리를 보니, 만들고 싶은 게 생겼지 뭐야."

"튀김과 카레…… 그럼, 역시 그거구나."

"그래. 오오스키 가 특제 그것이야."

부모 자식이 그런 이야기를 나누는 사이, 감자가 다 튀겨졌다.

마사토는 바로 감자 튀김을 한 개 주워서 입에 넣었다.

씹는 순간, 따끈따끈한 식감과 카레의 풍미가 입 안 가득 퍼져 나갔다.

"튀김옷에 카레 가구를 섞어서 튀겼구나. 그래. 이게 바로 우리 집의 그것…… 앗, 뜨거워!"

"어머. 입안이 헐었나 보네. 엄마가 후~ 후~ 해줄게."

"아, 괜찮아. ……그건 그렇고, 역시 이건 끝내준다니깐." 오물.

"잠깐만. 자기만 주워 먹기야? 약았다니깐." 오물.

"맛있어 보이네요. 저도 하나만 먹을게요." 오물.

"저도 먹어도 될까요?!"

"물론이지. 포타 양도 먹으렴. 뜨거우니까 조심해."

"네! 잘 먹겠습니다!" 오물.

"그럼 나도 맛을 보도록 하지." 오물.

어느새 쿠후쿠까지 모여들어서, 갓 튀긴 감자 튀김을 먹었고…….

순식간에 다 먹어 치웠다.

"어머. 다 먹어버렸네. 우후후. ……저기, 마 군. 그 일이 생각나지 않아?"

"아~. 뭐, 그런 일도 있긴 했었지."

"호오. 무슨 일이 있었는지 이야기를 들려줬으면 좋겠는걸."

"아니, 쿠후쿠 씨에게 들려줄 만한 이야기는 아닌데……."

"현실 세계에서 살던 시절의 일이에요. 마 군이 방에 틀어박힌 탓에, 얼굴을 마주하거나 이야기를 나눌 기회가 줄었죠."

"이봐, 엄마. 이야기해 주는 거야?"

"호오, 그래서?"

"그래도 이 요리를 만들면, 마 군이 방 밖으로 나와서…… 우걱우걱우걱~ 하고 튀겨놓은 걸 다 먹어 치웠어요."

"『아직 다 안 됐어』, 『아, 미안해』 하면서, 다음에 튀긴 것도 전부 먹어 치웠잖아."

"그래. 맞아. ……얼굴을 보여줬고, 이야기를 나눌 수 있었으며, 맛있게 잔뜩 먹는 모습도 보여주는……. 이 요리는, 모자지간의 소중한 요리예요."

"그렇게 거창한 요리는 아니지만, 일단 제가 좋아하는 요리인 거예요, 쿠후쿠 씨."

"그래. 흠……. 그런데 『다 안 됐다』는 건 무슨 말이지?"

"카레 감자 튀김만으로 끝이 아니거든요. 이참에 요리를 하나 더 선보일게요."

설탕, 간장, 물. 취향에 맞춰 맛을 조절하면서, 조미액을 만들었다.

손잡이 달린 냄비로 조미액을 끓인 후, 거기에 적당한 양의 카레 감자 튀김을 넣고 잘 섞어준 후에 가볍게 푼 달걀을 투입했다. 그렇게 달걀 소스를 만들었다.

달걀이 적당히 익자, 미리 지어둔 밥을 그릇에 담은 후에 카레 감자 튀김과 소스를 토핑했다.

마지막으로 잘게 썬 김을 얹어주는 것으로, 완성.

"다 됐어! 오오스키 가 특제, 카레 감자 튀김 덮밥이야!"

따끈따끈하고, 폭신폭신. 카레 감자 튀김도, 모자지간의 에피소드도, 그릇 밖으로 넘칠 만큼 가득 담았다.

"그럼, 잘 먹겠습니다."

카레 감자 튀김 덮밥과 마주한 쿠후쿠는 표정을 굳히면서 시식을 시작했다.

엄숙하게 젓가락을 옮기며, 우선 한 입 먹었다. 카레 감자 튀김과 밥을 천천히 씹었다.

"……호오……."

작게 감탄을 흘리는 것과 동시에, 식사 페이스가 빨라졌다. "호오호오호오호오!" 덮밥은 마실 것이라는 듯이, 덮밥을 기울이며 단숨에 입안으로 부어 넣었다!

쿠후쿠는 깨끗하게 비운 그릇을, 살며시 내려놨다.

정적이 주위를 지배하자, 마사토 일행에게도 긴장이 흘렀다.

"으음…… 어, 어떤가요?"

"음. 분명 맛있군."

"그, 그런가요. 그건 다행이네요. ……그래도 어디까지나 일반 가정의 밥이니까, 전설의 미식가가 찾는 요리는 아닐…….”

“내가 찾던 요리는, 바로 이거다아아아아앗!”

“……엥?”

그 순간, 맹렬한 기세로 발사된 강철 테이블이 머나먼 상공에서 폭죽처럼 폭발했다. 해질녘의 하늘에, 불로 된 커다란 꽃이 피어났다.

쿠후쿠의 눈에서 감동의 눈물이 폭포수처럼 넘쳐 흘러나왔다.

“나는 미식가로서, 이 세상의 맛있는 것을 전부 먹어봤다. ……하지만 단 하나, 먹고 싶어도 먹을 수 없는 요리가 있지.”

“그게 뭐죠……?”

“과거에 어머니가 만들어주신 요리지. 하지만 어머니는 이미 돌아가셔서, 이제 그것과 재회하는 불가능했다……. 그러니, 하다못해 찾아다닌 거다……. 부모 자식의 추억과 함께하는 요리…… 즉, 부모자식밥을 말이다!”

쿠후쿠는 다시 그릇을 손에 들더니, 그 안에 담긴 눈물을 쏟아버린 후에 마마코에게 내밀었다.

“마마코 씨! 한 그릇 더 부탁해도 되겠나?!”

“네, 물론이에요. 몇 그릇이든 드릴게요.”

“이, 이보세요, 엄마……. 그랬다간 우리 저녁이…….”

“괜찮단다. 재료는 아직 잔뜩 있으니까……. 마 군의 추억 이야기도 가득 담긴, 특곱빼기 슈퍼 메가 곱빼기 MAX도 내줄 수 있어. 우후후.”

“아니, 그건 숨김맛 정도만……!”

"저기~ 그렇게 많다면 주문해도 될까요?"

"저희도 부탁해요! 3인분!"

마을 사람들과 모험가가 차례차례 몰려들었다. 정신을 차리고 보니, 주위는 손님으로 가득 차 있었다.

"어머나. 좀 바빠지겠네. ……저기, 마 군."

"하아, 알았어. 도울게. 괜한 이야기는 못 하도록 말이야."

"저희도 돕겠어요! 열심히 할게요!"

"그럼, 저도……."

"메디. 너는 음식의 안전을 지키기 위해, 나와 함께 웨이트리스를 맡자."

"유즈키 씨와 라쟈 씨, 부모와 자식의 요리를 합치고 추억도 곁들인, 멋진 부모 자식 밥을 만들죠! 오~!"

부모 자식 밥 가게, 긴급 오픈이다.

전설의 미식가를 만족시킨 요리를 맛보기 위해, 수많은 손님이 몰려들었다.

제공하는 쪽은 정신없이 바빴다. 초특급 요리와 "그래서 마 군이…….", "이제 그만해애애애앳?!" 아낌없이 방출되는 모자지간 에피소드 덕분에, 약 한 사람은 벌써 빈사 상태였다.

그런 와중에 마마코는 멀찍이서 쳐다보고 있는 유즈키와 라쟈를 향해 미소 지었다.

얼이 나가 있던 두 사람은 문뜩 눈치챘다.

"……이게, 마마코 씨가 우리에게 하는 주문 내용인 걸까?"

"우리의 요리와, 추억…… 그러고 보니 어릴 적에는 요리를 그다지 돕게 해주지 않았잖아."

"내 다리에 들러붙어서 『나도 도울래!』 하고 말했지만…… 가게에서 내놓을 요리를 돕게 하는 건 좀 그랬거든……."

"집에서 먹는 요리를 만들 때는 돕게 해줬지만…… 거의 항상 카레였어."

"가게에서는 내놓지 않지만, 정말 먹고 싶을 때가 있으니까…… 아, 그래……. 그래서 카레인 거구나……. 후훗."

"맞아. 그래서, 카레인 거야."

어머니와 딸은, 서로의 얼굴을 쳐다보며 가볍게 웃더니…….

"……꽤 오래간만이지만……."

"모녀가 함께 요리, 해볼래?"

라쟈가 내민 손을, 유즈키가 꼭 움켜쥐었다.

며칠 후의 점심때. 숙박촌의 음식점 거리는 시끌벅적했다.

그중에서도 사람들의 눈길을 특히 끌고 있는 가게가 있었다.

"여기가 바로 어머니와 딸이 경영하는, 부모 자식 요리점이에요!"

"현실 세계의 일본 요리를 맛볼 수 있답니다! 어서들 오세요!"

유즈키가 가게 입구 옆에 커다란 코끼리 장식물을 뒀다.

그리고 벨리댄서 유니폼을 입은 라쟈와 기모노 앞치마 차림의 유즈키가 힘을 합쳐 호객을 하고 있었다.

"저기, 엄마! 그런 식으로 말하는 건 약았잖아! 카레 요리도 제대로 홍보해 줘!"

"알았다, 알았어. 카레 요리도 있답니다. ……어머니의 요리와 딸의 요리 중에 어느 쪽이 주문을 더 많이 받느냐로 승부하고 있어요! 흥미 있으신 분은 꼭 들러 주세요!"

"참고로 카레 크로켓이나 카레 우동은 양쪽에 1점씩 줘요!"

"우리 집의 부모 자식 밥을, 꼭 즐겨봐 주세요!"

서로의 자존심을 건 진심 배틀은 이어지고 있는 것 같지만, 모녀가 나름 사이좋게 영업하고 있는 것 같았다.

그 모습을 본 마사토 일행은 안심했다.

"한 가게를 둘로 나눠서, 모녀가 따로 가게를 운영하는 상황을 해소한 거네."

"더는 우리가 할 일이 없는 것 같네. 뒷일은 두 사람에게 맡기자."

"네! 사이좋은 모녀로…… 아앗?!" 꼬르르륵~.

"괜찮아, 포타. 나는 아무것도 못 들었어. ……사이좋은 모녀로 되돌아갔으니, 문제는 해결됐네. 그러면 우리는 밥이나 먹자. 기왕이면 저 두 사람의 가게에서……."

마사토가 걸음을 내디디려 한 바로 그때였다.

와이즈와 메디가 그의 어깨를 덥석 움켜잡았다.

"마사토의 점심은 이미 준비되어 있어."

"저희가 열심히 만들었죠. 자, 드세요."

두 사람이 안내한 곳은 부모 자식 요리점의 맞은편이었다. 라쟈의 가게는 이미 철거해서 아무것도 없을 텐데…….

그곳에는 강렬한 향신료 냄새를 풍기고 있는, 무수한 손발을 꿈틀거리고 있는 물체 X가 있었다.

"잠깐만, 뭐야?! 숙성되면서, 더 흉악해졌어……."

"너, 잡아먹어주마아아아앗!!" 크르르릉!!

"내가 잡아먹히는 거냐?!"

먹느냐, 먹히느냐. 아니, 마사토가 이기더라도 먹진 않겠지만 말이다.

약육강식의 처절한 격전이, 점심 식사 직전에 시작됐다.

MMMMMORPG
REPORT VOL.1

모험 리포트
VOL.1

작성자 : 오오스키 마마코

여기서만 하는 이야기인데,
튀김을 만들다 보면 기름의
냄새를 너무 맡아서 속이 더부룩해져. 하지만 아이들이
참 맛있게 먹어줘서 정말 만족스러워. 만들기 잘했다
싶으면서, 행복한 기분이 든다니깐. 잘 먹었습니다~.

조사원 : 시라세 마스미

아이들의 미소로 배가 부른 겁니까.
다이어트도 될 테니 일석이조군요.

제2장
MOD란, 『엄마, 진짜로, 좋아해』의 줄임말인가요?

평온한 오후의 햇살이 쏟아지고 있는 카산 왕도.

일찌감치 저녁 장을 보러 나온 어머니들이 마치 약속이라도 한 것처럼 길에서 마주친 후, 이야기꽃을 피우고 있었다.

"그래서 말이지? 우리 애가 『또 쓸데없는 걸 산 거냐!』 하고 말하지 뭐야."

"우리 애도 그래. 나한테 주는 포상 삼아서 산 걸 가지고 트집을 잡는다니깐. 화가 날 정도로 건방지게 굴어."

"아이들은 하나 같이 그래. 배려라는 걸 모르는…… 어머?"

어머니들이 언성을 더 높이려 하는 바로 그때였다.

왕도 입구 부근에, 한 줄기 빛이 꽂혔다.

그리고 전송 마법으로 이동한, 용사 일행이 모습을 보였다…….

"어머나! 마마코 씨네!"

"오래간만이야! 잘 지냈어?"

"어머, 여러분. 안녕하세요. 오래간만이에요."

어머니들은 곧장 마마코를 향해 달려갔다.

다른 이들에게는 눈길조차 주지 않으면서 말이다.

"마마코 씨의 인기는 여전히 끝내주네."

"지명도도 용사인 마사토 군을 능가하고요."

"나도 아니까, 입 다물어 줄래?"

현자 와이즈와 치유술사 메디에게서 돌아선 용사 마사토는 몰래 눈가를 훔쳤다.

그런 마사토 일행을 보고 있던 여행상인 포타가 갑자기 질문을 던졌다.

"마마 씨들은 참 사이가 좋아 보여요! 아는 사이일까요?!"

"으음~ 글쎄. 그런 것으로 보이긴 하는데…… 엄마의 교우관계에는 전혀 흥미가 없거든……."

괜히 얽혀봤자 피곤하기만 할 뿐이기에, 마사토는 일단 내버려두기로 했다…….

"그런데, 요즘은 어때? 모험은 순조로워?"

"마마코 씨의 모험담을 듣고 싶어. 이렇게 서서 이야기하는 것도 좀 그러니까, 어디 들어가서 이야기 안 할래?"

"거기는 어떨까? 두 블록 너머의 거리에 오픈한 카페 말이야."

"어머, 신경 쓰이는걸요. 좀 들러보고 싶네요."

어머니들에게 권유를 받은 마마코가 그대로 걸음을 내디디자…….

"마사토! 위험한 분위기야! 좀, 이라고 말해놓고 한 시간 넘게 눌러앉는 패턴이 틀림없어!"

"스톱~! 엄마, 멈춰! 우리는 볼일이 있잖아!"

"어머, 그랬지. 엄마 해결사가 어떤지 보러 온 거잖아."

"볼일이 있구나? 그럼 차는 다음에 같이 해야겠네."

어머니들은 필사적으로 말리는 마사토를 향해 미소 짓더니 그대로 돌아갔다.

소소한 위기는 무사히 회피했다.

"하아……. 전투 때보다 더 진땀 흘렸어……."

"미안해. 그럼 가보자."

이리하여, 마사토 일행은 카산 왕도의 대로를 나아갔다.

"마마 씨, 뭐 하나 물어볼게요! 아까 그분들은 마마 씨의 지인분들인가요?!"

"그래. 장을 보다 몇 번 마주친 적이 있거든. 이야기를 나누다 보니 친해졌어."

"어머님들의 커뮤니티는 아까처럼 길에서 이야기를 나누면서 형성되는 거군요."

"맞아. 집안일이라든가 다른 이야기도 나누는데…… 아, 그래. 도움이 되는 이야기도 많으니까, 다음에는 너희도 함께……."

"됐어."

마사토가 딱 잘라서, 단호하게, 퉁명스런 어조로 거부하자…….

옆에서 미소 짓고 있던 마마코가 양손으로 얼굴을 감싸며 그 자리에서 주저앉았다.

"함께 모험하며 친해진 줄 알았는데…… 옛날처럼, 딱 한 마디로 매몰차게……." 훌쩍훌쩍.

"아아~. 마사토가 마마코 씨를 울렸어~. 저질~."

"어머니를 울리다니…… 그런 사람인 줄 몰랐어요……."

"마사토 씨…… 훌쩍……."

"아니, 잠깐만 있어봐! 포타까지 슬퍼하며 울지 말아줄래?! 내가 그렇게 심한 말 했어?!"

여자애들의, 여러모로 호소하는 듯한 시선이 따가웠다.

"매몰차게 대하는 게 아니야! ……솔직히 말해, 집안일 같은 것에는 흥미가 없다고! 잘할 수 있을지도 모르겠고!"

"괜찮아, 마 군. 이 엄마는 마 군에게 집안일을 시키려는 게 아니라, 엄마들에 대해 알아주면 기쁘겠다고 생각했을 뿐이야. ……그러니까 말이지?"

어머니가 호소하는 듯한 눈길로 올려다봤다. 촉촉하게 젖은 어머니의 눈동자로, 지그시 말이다.

아들의 온몸에, 소름이 돋았다.

"아, 그만해! 나쁜 의미에서 심장이 멎을 것 같다고! ……하아~. 알았어, 알았다고! 기회가 생기면, 엄마 체험이든 뭐든 다 해줄게!"

"기회가 생기면 하는 거지? 약속한 거다?"

"그럼 준비하죠. 포타 양, 부탁해요."

"으으음……. 그 기회를 만들어 보려면, 어떤 소재를 쓰면 될까요……."

"일부러 만들지 않아도 돼! 그리고 아이템 크리에이션으로는 제작이 불가능하거든?! ……아, 아무튼 엄마 해결사 가게에 가보자! 오늘 목적은 그거잖아!"

깊이 파고들기 싫은 화제에서 도망치듯, 마사토는 서둘러

걸음을 옮겼다.

방황하는 부모 자식에게 길을 알려주는 서포트 시설, 엄마 해결사. 마마코가 오너인 그 가게는 번화가 한편에 있다.

세련된 현관 벨 소리를 들으면서 안에 들어가 보니, 내부는 마치 카페 같았다.

테이블 세트가 몇 개나 준비되어 있고, 카운터 석도 있다. 다과를 즐기면서 편안한 마음으로 상의를 할 수 있도록 준비해 둔 것이다.

가게 안에는 종업원인 소녀 모네와 정체불명의 수녀 시라아세가 있었다.

"모네, 수고 많지~? 시라아세 씨, 어서 오세…… 어?"

엄마 해결사에 들어선 마사토는 위화감을 느꼈다.

종업원인 모네가 카운터 석에 앉아 있고, 손님인 시라아세가 카운터 안쪽에서 홍차를 준비하고 있었다.

원래라면 반대여야 할 텐데…….

"아, 마사토! 왔구나! 정말~ 쓸쓸했단 말이야~!"

"어?"

달콤한 목소리로 그렇게 말하며 뛰어온 이는 다름아닌 시라아세였다.

생명의 위기에 처하더라도 항상 냉정 침착하던 이 사람이, 다섯 살 된 딸을 둔 어머니가, 마사토를 끌어안으며 볼을 비벼댔다.

꽤 볼륨 있는 가슴이 닿으니, 기분이 꽤 좋았지만…… 그것보다, 문제는 시라아세다. 마사토는 자기 얼굴에서 핏기가 단숨에 사라지는 것을 느꼈다.

"마~사~토~!"

"히이이이이이익?! 무무무, 무슨 일이야아아아아앗?!"

"무슨 일이긴, 어리광 보충 중이야~. 어리광 성분이 부족해지면 내 블랙홀적인 힘이 폭주하잖아? 그러니까, 부비부비~."

"그건 모네의 능력이죠?! 시라아세 씨는 그런 힘 없잖아요?!"

마사토는 포옹에서 벗어나려 했지만, 시라아세가 찰싹 달라붙어 있었다. 떨어지지를 않았다.

"이게 뭐야! 진짜로 모네의 흡인력이 발동한 것처럼…… 이봐! 동료들! 부탁이니까 도와줘!"

"으음…… 이건 혹시 새로운 방식의 마사토 괴롭히기 아닐까?"

"시라아세 씨라면 충분히 그러고도 남아요. 이번에는 이런 취향인 걸지도……. 포타 양. 방해되지 않도록 조용히 견학하도록 해요."

"알았어요!"

"거기 두 사람! 이 기회를 이용해 나를 가지고 놀지 마! 도와달라고! ……하아, 정말! 이렇게 되면…… 엄마!"

마사토가 자존심을 내던지며, 마마코에게 도움을 청하자…….

"우후후. 모네 양은 어리광쟁이구나."

마마코는 마사토를 끌어안고 있는 시라아세에게 미소 지었다.

그리고 카운터에서 태연히 홍차를 마시고 있는 모네를 바라보며 말을 이었다.

"시라아세 씨, 안녕. 오늘은 꽤 특이한 일을 벌인 것 같네."

"흠……. 겉모습은 완벽하게 바뀌었지만, 마마코 씨라면 한 눈에 꿰뚫어 볼 수 있나 보군요."

"왠지 그런 느낌이 들거든."

"대단하시군요. 제 어리광에 마사토 군이 어떤 반응을 보이는지, 충분히 만끽했으니…… 동작 테스트는 이쯤에서 끝내겠습니다."

모네의 목소리와 모네에게 어울리지 않는 냉정 침착한 표정으로, 마치 시라아세처럼 말한 후…….

손거울 같은 것을 꺼내서 거울 부분을 살며시 만지자, 온몸이 빛에 휩싸이더니…… 방금까지 모네였던 이가 시라아세로 변했다.

"『MOD』인가요?"

"네. 공식의 MOD를 아이템화한 것입니다. 아직 테스트 단계지만 말이죠."

이 소란스러운 사람을 확 때려주고 싶지만, 일단 참기로 한 마사토 일행은 자리에 앉았다. 참고로 모네는 평소처럼 마사토에게 찰싹 들러붙어 있었다.

그들은 홍차와 과자를 즐기면서, 시라아세가 들고 있는 거울 모양의 아이템을 주목했다.

"으음…… 모드, 가 뭐니?"

"『엄마, 진짜로, 좋아해』의 일본어 줄임말입니다. 후후후."

"헛소리하지 말고, 제대로 설명해 보세요."

이 악질적인 사람은 역시 확 두들겨 패주는 편이 좋겠다고 생각했을 때였다.

포타가 손을 번쩍 들면서 입을 열었다.

"저도 잘 모르겠어요! MOD가 뭔가요?!"

"나도 자세히는 모르지만, 게임을 개조하는 거 아냐?"

"그래. 개조를 의미하는 영어인 『Modify』를 줄인 말이야."

"게임 안의 그래픽과 시스템 등을 조작하기 위한 것이던가요."

"그렇구나……. 게임을 조작하기 위한…… 어, 잠깐만 있어 보렴. 그건 약은 짓을 할 때 쓰는 『치트』와 다른 거니?"

마마코가 그렇게 묻자…….

시라아세, 그리고 이쪽 관련으로 다소 지식이 있는 마사토와 메디는 팔짱을 끼며 생각에 잠겼다.

"뭐라고 답하면 좋을지, 어렵군요……."

"이것저것 개조할 수 있으니까, MOD를 치트 취급하는 사람도 있지만……."

"그런 한편으로, 게임에 새로운 재미를 부여해서 게임 자체를 더 재미있게 만드는 측면도 있으니까요……."

"일반적인 인식으로 본다면 그레이존, 이용하기 나름이라고 해야 하려나요. ……적어도 이것은 공식에서 제공하는 것인

만큼, 아무 문제도 없이 이용할 수 있습니다."

"운영 측인 시라아세 씨가 그렇게 말한다면 괜찮겠네."

"어려운 이야기지만, 저도 얼추 이해했어요!"

마마코는 MOD 손거울을 들더니 포타와 함께 꼼꼼히 살펴봤다.

마사토는 옆에서 그 모습을 보면서 시라아세에게 물었다.

"그런데, 왜 변신용 MOD인 거죠?"

"전부터 요청이 있었습니다. 모처럼 게임 세계에서 지내는 만큼, 자기 모습을 바꿔보고 싶다는 내용이죠."

"아~ 그 마음은 이해해."

"와이즈 양은 어디를 크게 만들고 싶죠?"

메디의 눈길이 와이즈의 존재감 없는 가슴을 향했다. "밖으로 따라 나와.", "나와야 할 건 와이즈 양의…….", "좋아, 죽여줄게." 드잡이질을 시작한 두 사람은 제쳐두고…….

"자세한 설명은 생략하겠습니다만, 변화 마법의 효과를 반영구적으로 지속시키는 것으로 여겨 주십시오. 온몸을 변화시키는 만큼, 부분적인 변화는 안 됩니다."

"불쌍한 와이즈 양……. 아아, 눈물이……."

"딱히 기대 안 했거든?!" 피눈물!

"또한, 어떤 모습으로든 뜻대로 변할 수 있는 건 아닙니다. 변화하는 모습을 미리 등록해 둘 필요가 있죠. 마사토 씨가 시범 삼아 써보시지 않겠습니까?"

"좋아요. 해볼게요."

마사토는 마마코에게서 MOD 손거울을 넘겨받더니, 자기 모습을 비췄다.

자동적으로 출현한 마법원이 마사토의 머리끝에서 발끝까지 전부 측정하더니…… 등록이 완료됐다.

"좋아. 그러면 이번에는 변신할까 하는데, 내가 나로 변신해도 의미가 없지 않아?"

"그럼 모네 양이 변신해 주시길. ……후후후……."

"응~. 해볼게~."

MOD 손거울을 넘겨받은 모네가 거울 안에 있는 마사토의 모습과 자신의 모습을 포개더니, 거울을 손가락으로 톡 두드렸다.

그 순간, 모네의 온몸이 빛에 휩싸이면서 마사토와 똑같은 모습으로 변했다!

그리고 당연한 듯이 마사토에게 찰싹 들러붙었다.

"누가 봐도 완벽한 마사토 아냐?! 대단하지?! 부비부비~."

"으갸아아아아앗?! 내가 나한테 어리광을 부려어어어엇?!"

오싹오싹!

자기 얼굴이 자기 가슴에 볼을 대고 비벼대자, 마사토는 온몸에 소름이 돋았다.

한편, 옆에서 은밀한 움직임이 있었다.

"이건…… 기회야."

"아무래도, 그런 것 같군요."

메디가 MOD 손거울을 손에 쥐더니, "마마코 씨, 잠시 실례할게요.", "어머, 뭘 하려는 거야?" 주저 없이 마마코의 모습을 등록했다.

그리고 사용했다. 와이즈, 메디가, "그럼 저도 하죠." 시라아세가, "저도 해볼래요!" 포타마저도 말이다.

그리하여…….

"안 돼애애애앳! 부탁이야, 누가 좀 도와줘어어어어엇…… 어?"

마사토 모네의 어리광에 시달리던 마사토가 도움을 청하자…….

""""어머나, 괜찮니?""""

줄지어 선 다섯 명의 마마코가 빙긋 미소 지었다.

정보가 허용 한계를 초월하면서, "……푸쉭……", "어머나, 마 군?!" 마사토의 뇌가 멜트다운된 것이다.

의식을 되찾은 마사토는 MOD 손거울을 노려보면서 선언했다.

"이 아이템은 사용 금지야."

"뭐~? 정말 재미있잖아~. 조금만 더 쓰게 해줘~. 응~? 부비부비~."

"안 돼! 이제 끝! 놀지 말고, 일이나 해!"

원래 모습으로 돌아온 모네가 여전히 어리광을 부려대는 가운데, 마사토는 단호한 어조로 호소했다.

바로 그때, 모네가 불쑥 이렇게 말했다.

"일은…… 아, 맞다! 일, 아직 안 끝났어!"

허둥지둥 몸을 일으킨 모네는 카운터 안쪽으로 뛰어가더니, 전단지 다발을 안아 들고 돌아왔다.

전단지 표면에는【엄마 간담회】라고 적혀 있었다. 모네가 손으로 쓴 것 같았다.

"……이게 뭐야?"

"내일 말이지? 엄마 해결사가 주최하는 간담회를 열기로 했어!"

"주로 어머니를 대상으로 한 이벤트이며, 운영 측에서도 소소한 즐길 거리를 제공할 예정입니다. 애초에 저는 그 협의를 위해 여기에 왔습니다만…… 아직 고지하지 않았던 겁니까?"

"다른 일도 잔뜩 있어서, 밀리다 보니…… 어, 어쩌지……."

모네가 망연자실한 표정을 지은 바로 그때였다.

"그렇다면 초특급으로 뿌릴 수밖에 없겠네."

"그래요. 흩어져서 효율적으로 배포하죠."

"네! 저도 도울게요!"

와이즈와 메디와 포타가 자리에서 일어났다.

상냥한 도우미들이 등장하자, 모네의 눈동자가 촉촉해졌다!

"다들…… 고마워! 포타는 몰라도 와이즈 양과 메디 양은 그다지 좋아하지 않지만, 이번만은 정말 기뻐!"

"괜한 고백은 하지 말란 말이야! 정말!"

"배포처는…… 아, 지도가 있군요. 포타 양, 복제해 주겠어요? 세 장 더 필요할 것 같군요."

"네! 저한테 맡겨주세요!"

포타는 종이 소재를 꺼내서 아이템 크리에이션으로 마을 지도를 작성하더니, 배포처를 표시했다.

원본과 포함해 총 네 장. 4인분이다.

마음 상냥한 도우미가 한 명 더 있지만, 한 장이 모자랐다.

"이봐~ 포타. 한 장 더 추가로 부탁해. 나도……."

"잠깐만. 마사토 거는 만들 필요 없어. 네가 할 일은 간담회의 호스트거든."

"……뭐?"

"당일에 일을 도울 사람도 필요할 테니까요. 어머니에 대해 알 좋은 기회니까, 그쪽은 마사토 군에게 부탁할게요."

"마사토 씨는 내일에 대비해 체력을 아껴 두세요!"

"뭐? 잠깐만 있어봐."

"어머, 잘됐네. 마 군과 함께, 엄마도 참가할게. 내일이 정말 기다려져. 우후후."

"아니, 무슨 소리야! 잠깐만 있어봐! 나도 전단지 배포를 도울 테니까, 그쪽은 좀 봐달라고……!"

"그럼 마사토는 내일 간담회 담당이야. 마마코 씨와 시리아세 씨까지 전단지를 나눠 주러 갔다간 수다 삼매경에 빠질지도 모르니까, 우리 넷만 가볼게! 그럼, 출발!"

모네를 비롯한 네 사람은 전단지 다발을 안아 들더니, 그대로 밖으로 나갔다.

"큭……. 괜한 소리 하지 말 걸 그랬어……."

마사토는 테이블에 엎드릴 수밖에 없다. 시체가 된 기분이었다.

바로 그때, MOD 손거울이 눈에 들어왔다.

"모네 양들이 돌아올 때까지, 그걸 써보는 건 어떻겠습니까?"

"……안 쓸 거예요. 아까 사용 금지라고 말했잖아요."

"마사토 군이 의식을 잃은 사이, 다른 분들도 등록을 마쳤습니다. 지금이라면 마음에 드는 애로 변해서, 마음껏 만져댈 수 있을 텐데요?"

"안 해요! 그런 짓을 왜 하냐고요!"

그렇게 외치며 벌떡 일어선 마사토는 목격했다.

현관 문틈으로, 와이즈와 메디가 변태를 보는 듯한 눈길로 쳐다보고 있었다. "안 한다고!" 두 사람은 영 믿음이 안 간다는 듯한 표정으로 전단지를 나눠주러 갔다.

"하아! 이딴 걸 내가 왜 써! ……솔직히 말해, 변신하면 어떤 느낌일지…… 좀 신경 쓰이기는 하지만……."

어디까지나, 보기만 할 생각이었다.

마사토는 심심풀이 삼아 거울 부분에 표시된 동료들의 모습을 슬라이드하며 살펴봤다.

등록된 남성은 마사토 뿐…… 누구를 선택하든, 여자가 된다…….

바로 그때였다.

"우후후. 마 군은 대체 누가 신경 쓰이려나?"

"아니, 아무도 될 생각 없는데…… 어어엇?!"

마마코가 그 거울을 들여다본 바로 그때였다.

동요한 마사토가 MOD 손거울을 놓치고 말았다.

바닥에 떨어지면서 거울이 깨지더니, 근처에 있던 마사토와 마마코가 동시에 빛에 휩싸였다.

"우와, 맙소사! ……내 모습, 대체 어떻게 됐어?!"

마사토는 아래편을 쳐다봤다.

새하얀 원피스에 감싸인 커다란 가슴이 눈에 들어왔다. 묵직한 중량감이 느껴졌다. 마사토가 몸을 움직이자, 출렁거렸다.

"혹시…… 이 몸은…… 설마……."

"어머. 마 군이 엄마가 됐네."

방금 그 말은 마마코의 말투지만 마마코의 목소리가 아니었다. 그래서 고개를 돌려보니, 마사토의 얼굴이 눈에 들어왔다.

"엄마는 내가 됐고, 나는 엄마가 된, 거야? ……잠깐마아아아안! 좀 봐달라고! 빨리 원래 모습으로……!"

"두 사람을 동시에 변신시키는 기능은 없었습니다만…… 게다가 MOD 손거울이 부서지고 말았으니까요. 그것을 쓰지 않는다면 원래 모습으로 돌아갈 수 없는데 말입니다."

시라아세는 태연한 어조로 그렇게 말했다.

"뭐……."

"운영 측에 가져가서 수리해야만 합니다. 내일까지는, 어떻게든…… 아니, 1년 정도 걸리는 것으로 해둘까요."

"말도 안 되는 소리 마세요! 금방 수리되죠?! 그렇죠?!"

"뭐, 노력은 해보겠습니다. 그럼, 이만 실례하죠."

시라아세는 MOD 손거울을 들더니 그대로 엄마 해결사 가게에서 나갔다.

그렇게, 마사토와 마마코는 이곳에 남겨졌다.

마마코의 모습이 된 마사토와, 마사토의 모습이 된 마마코가 말이다.

"으음…… 엄마?"

"우후후. 지금은 마 군이 엄마잖아. 아니지, 엄마라고."

"그런 소리 할 때가 아니지 않아?"

심각함이 전혀 느껴지지 않는 마마코 마사토와, 얼굴이 창백해진 마사토 마마코가 한동안 입을 다문 채 서로를 바라봤다.

어느새 해가 지고, 밤이 됐다.

전단지 배포를 마치고, 엄마 해결사는 업무를 종료했다. 일을 마친 모네는 자택으로 돌아갔다.

남은 다섯 명은 여관을 잡았고, 저녁 시간을 맞이했다.

"마마코 씨~ 오늘 메뉴는 뭐야?"

"으, 으음…… 저, 정말 맛있는 밥이야! 기대해줘! 우후후!"

"어? 평소 같으면 설명해 주면서, 오늘은 비밀로 하는 거야? ……흐~음……."

와이즈는 부엌을 들여다보면서 고개를 갸웃거렸다.

"마사토 군도 부엌에서 요리를 돕다니, 정말 드문 풍경이군요."

"오늘은 엄마와 함께 요리하고 싶은 기분이라고."

"맙소사……. 이건 천재지변의 전조일까요……. 아아, 현기증이…….”

눈앞에서 일어난 사태에 충격을 받은 건지, 메디는 빈혈이 난 것 같았다.

“마마 씨! 저도 도울게요!”

“고, 고마워, 포타, 양! 그래도 괜찮아! 오늘은 마, 사토 군이 도와주니까!”

“우리 모자지간에게 맡겨두라고.”

“알았어요! 저, 방해하지 않을게요! 힘내세요!”

부엌에서 어깨가 닿을 정도로 붙어선 모자지간의 훈훈한 뒷모습을 보자, 포타의 눈이 반짝였다.

그리고 동료들의 시선과 응원을 등 너머로 받으면서, 식사를 준비하고 있는 건…… 모습이 뒤바뀌고 만 마사토와 마마코였다.

“……일단, 안 들켰지?”

“그런 것 같구나, 라고.”

“나, 『라고』란 말을 그렇게 자주 안 했거든? 뭐, 좋아. 일단 힘을 합쳐서 이 위기를 극복하는 거야.”

의욕에 찬 마사토 마마코는 적당히 손을 놀리는 척했고, 마마코 마사토는 익숙한 손놀림으로 요리를 했다.

“살짝 익힌 고기와 재료를 데친 양배추에 감싸서…… 오늘 메뉴는 간단 양배추 롤이라고.”

“이제 와서 요리 이름이 공개됐네…….”

“좋은 기회니까, 이참에 마 엄마도 요리에 도전해 보는 게 어떻겠냐고.”

“사양하겠어요. ……나는 이 상황을 극복하는 데 전념할까 해. 하아~.”

자기 입으로 사용 금지를 선언한 MOD 손거울을 실수로 쓴 바람에, 마마코의 모습이 되다니…….

‘만약 들켰다간…….’

와이즈와 메디가 죽도록 놀려댈 게 틀림없다.

그렇지 않더라도, 솔직히 부끄럽다. 서글프다.

다른 사람이라면 모르지만, 설마 자기 엄마의 모습이 되다니…….

절대로 알려질 수는 없다.

‘이것은 시련이야……. 그래……. 용사인 나에게 내려진 퀘스트라고!’

하다못해, 그렇게 생각하기로 했다.

MOD 손거울이 수리될 때까지, 이대로 어떻게든 해보자고 마사토는 마음속으로 결심했다.

“길어도 내일까지! 목표가 보이니까 힘낼 수 있어! 어디 해보자고, 란다!”

“어머어머라고. 마 엄마도, 기운이 난 것 같네.”

“거의 자포자기에 가깝지만 말이지!”

“그럼, 요리를 마무리 짓자고. 이제 끓이기만 하면 된다고.”

등 뒤에 있는 동료들에게 보이지 않도록 몸을 맞댄 채, 이인삼각을 하듯 부엌 안을 이동했다. 그리고 냄비를 준비한 후, 양배추 롤을 수프에 넣고 끓였다.

그런 두 사람의 뒤편에서는…….

"……메디. 포타. 잠시 집합~. 어떻게 생각해?"

"그래요……. 꽤 위화감이 느껴지는 군요……."

"마마 씨도, 마사토 씨도, 참 즐거워 보여요! 그러니 됐다고 생각해요!"

"그래…… 흐음……."

소곤거리는 목소리가 들려왔지만, 신경 쓰지 않기로 했다.

곧 요리가 완성될 것 같았다.

"골고루 익고 나면, 그릇에 담자고."

"그 정도는 이 엄마한테 맡겨주렴! 이얍!"

접시에, 철푸덕~. "좀 정성 들여서…….", "그, 그래!" 보기 좋게 담으면서, 양배추 롤이 완성됐다.

밥과 샐러드 등을 식탁에 옮겨놨다. 그리고 오오스키 모자지간의 맞은편에 다른 세 사람이 앉았다. 자…….

"자, 그럼 손을 모으라고."

"어? 마사토가 하는 거야?"

"평소 같으면 마마코 씨가……."

"마, 맞아! 이 엄마가 나설 때네! 그럼 다들, 잘 먹겠습니다~!"

자, 즐거운 식사의 시작이다! ……라고 말하고 싶지만…….

갑자기 불쾌한 정적이 감돌았다. 포타는 맛있게 식사하고 있지만…….

와이즈와 메디는 말없이 식사하면서, 마사토 마마코와 마마코 마사토를 지그시 살피고 있었다.

"으, 으음……. 두 사람, 왜 그러니?"

"아무것도 아냐."

"신경 쓰지 마세요."

두 사람은 퉁명한 어조로 그렇게 말한 후, 또 지그시 응시했다.

"저기, 마마코 씨. 뭐 하나 물어봐도 돼?"

"무, 물론이란다."

"이 양배추 롤, 진짜 맛있거든? 어떤 숨김맛을 넣은 거야?"

"뭐?"

마사토 마마코는 조리 과정을 옆에서 지켜봤지만…….

요리에 쓰인 조미료 중 어느 것이 숨김맛에 해당하는지, 짐작이 안 됐다.

"으, 으음…… 하아, 정말! 숨김맛은, 애정이야! 우후후."

"흐~음. 그렇구나."

와이즈의 대꾸는 퉁명했다. 무섭다.

"마마코 씨. 부탁 하나 해도 될까요?"

"어, 어머! 부탁이 뭐니, 메디 양!"

"양배추 롤을 더 먹고 싶으니, 평소처럼 맨손으로 퍼주시겠어요?"

"뭐?"

"마마코 씨는 항상 그렇게 했잖아요? 마마코 씨라면, 할 수 있죠?"

"아, 나도 부탁해. 2회 공격처럼, 한꺼번에 두 개 퍼줄 수 있지? 마마코 씨라면 말이야."

"그, 그래! 나는 마마코 씨인걸! 좋~아, 두 사람 다, 내가 금방 퍼줄게!"

마사토 마마코는 김이 모락모락 피어오르고 있는 냄비와 마주했다.

분명 뜨겁겠지만, 무지무지 뜨겁겠지만, 왠지 눈물이 날 것 같지만, 손을……!

"어이어이. 두 사람 다, 그런 농담을 하면 안 된다고."

"마마 씨는 한 번도 그런 짓을 한 적이 없다고 생각해요!"

"아차~. 들켰네~."

"후후후. 들키고 말았군요."

"뭐? 농담? ……아아, 그, 그랬구나…… 하아…… 사람 놀라게 하기는……."

안도한 것도 한순간에 불과했다.

"""……지그시……."""

"윽……?!"

와이즈와 메디가 마사토 마마코를 쳐다보고 있었다. 뚫어지게 말이다.

'어라, 혹시…… 우리 상황을 들킨 거 아냐?!'

마사토 마마코는 무심코 긴장했지만…….

두 사람은 갑자기 표정을 풀었다.

"좀 이상하다 싶었는데~ 기분 탓인가 보네."

"낯선 광경을 봐서 그런지, 지레짐작을 한 것 같아요. 사이좋게 나란히 서서 요리하는 모습은 참 멋져요."

"네! 마마 씨와 마사토 씨는 오늘 특히 가까워 보였어요!"

동료들이 순수하게 축복해 주듯 미소를 머금었다.

'안 들킨, 거야? 정말?'

그렇게 생각하고 싶다. 그런 생각이 들었다. 서서히 긴장이 풀렸다.

안도한 마사토 마마코에게, 마마코 마사토가 몰래 말했다.

"아무래도 무사히 넘어갈 수 있을 것 같다고."

"맞아. 식사만 클리어하고 나면, 그다음은 여유로워. 방에 틀어박히기만 하면 돼. 오늘은 일찍 잠자리에 드는 거야."

"그래. 설거지를 마치고 나면, 빨리 목욕 준비를 하겠다고."

"응, 부탁해……. 잠깐만…… 어? 목욕?"

목욕.

"기왕이면 마마코 씨와 마사토가 사이좋게 같이 목욕하는 게 어때?"

"뭐? ……그, 그건……."

"왜 그러죠? 마마코 씨라면, 이럴 때 기뻐하며 찬성할 것 같은데 말이죠."

와이즈와 메디가 ""……지그시……."" 또, 미심쩍은 눈길을 보내왔다. 오히려 거동 수상자를 보는 듯한 눈길로 쳐다보고 있네?

"그, 그래! 오늘은 마~ 사토 군과 같이 목욕해야겠네!"

이 상황에서 벗어나기 위해, 마사토 마마코는 그렇게 외치고 말았지만…….

"……같이 목욕하는 게, 오히려 정답이네."

원피스를, 훌렁 벗은 후…….

목욕할 거니, 속옷도 벗을 필요가 있지만…….

"응, 무리야. 만지는 것조차 무리야. 엄마, 부탁해."

"알았다고."

마사토 마마코는 힘차게 두 손을 벌리며, 마마코 마사토에게 옷을 벗겨달라고 부탁했다.

하반신의 갑갑함에서 해방되었다.

그리고 브래지어의 압박감이 사라지자, 가슴 언저리가 더욱 묵직하게 느껴졌다.

"이렇게 무거웠구나……."

"어머, 뭐가 말이냐고?"

"아, 아무것도 아냐! 신경 쓰지도 않았고, 신경 쓸 필요도 없어!"

"우후후. 마 엄마는 참 이상하네. ……그럼 나도……."

마마코 마사토도 옷을 "그쪽은 내가 벗겨줄게! 보지 마! 눈 감아!" 서로의 옷을 훌렁훌렁 벗겨준 후…….

모자지간은 목욕을 시작했다.

그리고, 갑자기, 최대의 시련과 맞닥뜨렸다.

"몸을 꼼꼼하고 깨끗하게 씻으라고."

"조, 좋아! 씻어주겠어! 괜찮아! 엄마의 몸 정도는, 여유롭게 씻겨줄 수 있거든?!"

"어릴 적에는 서로를 씻겨주기도 했잖아. 그립다고."

"그, 그래! 그런 식으로, 하면 돼!"

목욕용 의자에 당당히 앉은 후, 스펀지 같은 것에 비누로 거품을 냈다.

그리고 손 팔, 목, 등, 다리…….

일단 별문제 없이 씻을 수 있는 부분을 씻었다. 그럼…….

"이걸로 됐어. 이제 거품을 씻어내기만 하면……."

"몸 구석구석까지 씻어야 할 거 아니냐고."

"크……."

진짜 엄마의 체크에 딱 걸리고 말았다.

어쩔 수 없다. 마사토 마마코는 몸의 소중한 부위에 스펀지를…….

대려다, 1분 정도 망설인 후, 울면서 단념했다.

"……무리예요. 부탁드려요."

"우후후. 알았다고."

마마코 마사토가 손에 쥔 거품 스펀지가…….

마사토 마마코의 가슴 끝부분에 닿았다.

"우와아아앗?!"

"어머나. 아팠냐고."

"괘, 괜찮아! 아무 느낌도 안 들었어! 그냥 남이 씻겨주는 것뿐이잖아!"

마사토 마마코는 일심불란하게 진언을 읊었다.

"온 아비라운 켄 소와카, 온 아비라운 켄 소와카."

"대일여래에게의 진언이라고. 출산 기원 효과도 있다고 하더라고."

"어? 생각했던 것과 다르네?"

대일여래는 가장 높은 존재이기에, 폭 넓은 영적 효험을 사람들에게 안겨주는 것 같았다.

아무튼…….

'이 위기만 극복하면, 전부 클리어야!'

그렇게 믿으며, 마사토 마마코는 필사적으로 참았지만…….

다음 날 아침.

"마 엄마. 아침이라고. 일어날 시간이라고."

"……으음…… 아직 졸려……."

"어쩔 수 없다고. 그렇다면 내 키스로, 마 엄마를 깨워주겠다고."

"그 광경만은 용납할 수 없으니까 관둬! 일어날게!!"

굿모닝 키스를 하려고 하는 원래의 자기 얼굴을 진심으로 사양한 후…….

투덜대며 일어난 마사토 마마코는 멍하니 주위를 둘러봤다.

창문 밖이 어렴풋이 밝기만 할 뿐, 실내는 아직 어둑어둑했다. 옆에 있는 침대에서는 포타가 쿨쿨 자고 있었다.

"아직 이른 시간이잖아……."

"항상 이 시간에 일어난다고. 세탁과 아침 준비처럼, 해야 할 일이 잔뜩 있다고."

"그건 엄마가…… 아, 지금은 내가 엄마구나."

"내가 해도 되지만, 누가 보기라도 하면 들킬지도 모른다고."

"그래……. 어쩔 수 없네. 내가 할게."

서둘러 준비를 마친 후, 두 사람은 조용히 방을 나섰다.

우선 세탁부터 하기로 했다.

"평소에는 어떤 식으로 세탁해?"

"그게…… 이걸 이용한다고."

여관의 세탁장에는 어른이 들어갈 수 있는 커다란 항아리가 놓여 있었다.

거기에 빨 옷가지를 넣은 후, "물은?", "욕실에 남아 있는 물을 이용한다고." 물통을 들고, 욕실과 세탁장을 몇 번이나 오갔다.

"완전 중노동이네……. 벌써 팔이 부었어."

"이제 세제를 넣고, 이렇게 한다고."

마마코 마사토는 세탁 항아리 측면에 새겨진 마법원에 손을 댔다.

그러자 안의 물이 회전하기 시작하면서, 세탁이 시작됐다.

"아하…… RPG의 민가에 놓인 항아리는 원래 세탁용일지도 몰라……."

"느긋하게 보고 있을 때가 아니라고. 세탁하는 사이에, 아침 식사 준비를 하자고."

"으, 응."

쉴 새도 없이 부엌으로 이동했다.

전기밥솥 같은 편리한 것은 없다. 쌀을 씻고, 쌀과 물이 담긴 질냄비를 발화 젬식 화로 위에 얹고 불을 붙였다.

이어서 채소 절임과 된장국의 재료를 썰었다. 마마코 마사토의 가르침을 받으면서, 마사토 마마코가 어설픈 손놀림으로 톡, 톡, 톡 하고 채소를 썰었다.

"똑같은 사이즈로 써는 건 어려워……."

"곧 세탁이 끝날 것이라고. 세탁물을 널러 가자고."

"뭐? 하지만 요리 도중인데……."

"동시 진행이라고. 세탁도, 요리도, 후딱후딱 처리하자고."

"맙소사……."

화로의 화력을 약하게 조절해 둔 후, 서둘러 세탁장으로 향했다.

세탁 항아리의 밑바닥에서 헹굼과 탈수가 끝난 세탁물이 엉망으로 뒤엉킨 채 굳어 있었다.

"큭. 물에 젖으니 의외로 무겁네……. 이걸 전부, 밖으로 옮기고……."

"주름지지 않게 너는 게 포인트라고."

여관 밖으로 이동한 후, 건조대에 널었다. 하나하나, "이건 와이즈의……!", "요일에 따라 다른 색상의 팬티를 입는다고."

주름지지 않게 펼친 후, 정성 들여서…….

바로 그때였다.

"불이 신경 쓰인다고. 보러 가자고!"

"뜀박질하는 거야?!"

화로의 불길은 괜찮은지, 부엌으로 돌아가서 확인했다.

겸사겸사 된장국도 화로에 얹어놓은 후에 다시 밖으로 뛰어갔다. 세탁을 이어서 하기 위해서 말이다.

"잠깐만……. 배가 고파서 힘이 안 나는 데다…… 숨이 턱까지 찼는데……."

"우리의 아침 싸움은 이제부터라고!"

그렇다. 이 싸움은 겨우 막이 올랐을 뿐이었다.

해가 뜨고, 어엿한 아침이 됐을 즈음.

아직 졸려 보이는 여자애들이 식탁에 모여들었다. 아침 식사 시간이다.

"하암…… 잘 먹겠습니다~. 마마코 씨~ 된장국 더 줘~."

"너무 빨리 마시는 거 아냐?! 그것보다, 여기 있단다!"

"오늘 채소 절임도 최고예요. 조금 더 주시겠어요?"

"뭐? 아, 좋아! 부엌에 더 있으니까, 가지고 올게!"

"저, 밥 더 먹어도 될까요!"

"무, 물론이란다! 많이 먹으렴!"

자기도 식사를 하면서, 음식 또한 내왔다.

허둥지둥 돌아다니며, 식사를 마친 후…….

"휴우~. 한숨 돌리……."

"……기 전에. 설거지를 해야 한다고."

"그렇겠죠~."

설거지통에 담긴 식기를, 열심히 씻었다. 마마코 마사토에게 도움을 받으면서, 눈물마저 훔치며 집안일에 힘쓰는 마사토 마마코였다.

그 고생을 아는 것처럼, 와이즈는 느긋한 목소리로 이렇게 말했다.

"저기, 마마코 씨. 할 말이 있어."

"뭐야…… 아니, 무슨 일이니?"

"우리, 오늘 좀 외출할 거야."

"어제 퀘스트를 맡았어요. 간단한 심부름 같은 간단한 일이니까, 걱정하지는 마세요."

"저도 같이 하기로 했어요! 괜찮을까요?!"

"퀘스트……."

슬며시 서로에게 미소 짓는 세 사람의 모습이 좀 신경 쓰였다. 마음 같아서는 자신도 끼고 싶었지만…….

그랬다간 마마코의 모습으로 여기저기 돌아다니게 되면서, 더욱 피폐해질 게 뻔했다.

그러니 선택지는 하나뿐이다. 마마코의 심정으로, 마마코의 미소를 지으며 그들을 배웅하기로 했다.

"괜찮을 것 같아." 빙긋.

"표정이 좀 딱딱해 보이지만, 아무튼 이거로 결정된 거네. 빨리 준비해서 출발하자."

"조심해서 다녀오렴. 나와 마~ 사토 군은 여관에서 쉴게. 쉬고 싶어. 안 쉬면 죽을 거야."

"어, 무슨 소리를 하는 거야? 마마코 씨와 마사토는 간담회에 참가해야 하잖아."

"……아……."

아연실색하는 마사토 마마코의 옆에서, 마마코 마사토가 고개를 힘차게 끄덕였다.

그렇다. 오늘이 바로 그날이다.

와이즈 일행을 배웅한 후, 마사토 마마코와 마마코 마사토도 출발했다.

"어떤 간담회일지, 기대된다고!"

"애초에 즐길 여지가 없는 곳에, 이렇게 지친 상태에서 가게 되다니…… 이건 완벽한 자살 행위야……."

좀비 같은 걸음걸이로, 겨우겨우 엄마 해결사 가게 근처에 가보니…….

가게에 다 들어가지 못할 만큼 많은 어머니들이 모여 있었다. 가게 앞을 뒤덮을 정도였다.

사방에서 시끌벅적한 수다 소리가 들려오는 탓에, 다른 소음은 전혀 들리지 않았다.

어머니 팬데믹 사태였다.

"이게 다 뭐야아아아……. 완전 마계네에에에……."

"앗~! 마사토~! 마마코 씨~! 늦었잖아~!"

열심히 뛰어다니며 음료와 과자를 돌리던 모네가 큰 목소리로 그렇게 외쳤다.

바로 그때, 어머니들의 눈길이 일제히 마사토 마마코를 향했다. "어머나!", "주인공이 등장했네!" 근처에 있던 사람들이 슬금슬금 몰려들었다!

"히이이익?! 어어어, 엄마……!"

"마 엄마, 잘 부탁한다고. 나는 모네 양을 도우러 가겠다고."

"뭐어엇?! 잠깐만!"

마마코 마사토가 가버렸다.

홀로 남고 만 마사토 마마코는 어머니들에게 포위당하고 말았다.

"마마코 씨, 좋은 아침이야! 오늘 잘 부탁해!"

"아, 으음, 네……."

"아들이 도와주러 왔구나? 대견하네."

"대견해요. 멋진 아들이에요." 단호.

"그럼, 오늘은 마마코 씨와 느긋하게 이야기를 나눌 수 있는 거구나?"

"사, 살살 부탁드릴게요……."

마사토 마마코는 억지웃음을 머금으며 도주로를 찾아봤지만…….

그딴 것은, 존재하지 않았다. 완전히 포위된 상태였다.

'아무튼, 내가 엄마라는 사실을 들켜선 안 돼!'

신중하게, 이 상황을 극복하는 것이다…….

"그럼, 바로 이야기 좀 들어줄래? 우리 아들이 말이지? 나한테 말을 잘 걸지 않아. 엄마를 피하는 것 같다니깐."

"그럴 때는 내버려두면 돼요. 적당한 거리를 유지하는 것도 중요하죠." 단호.

"어머나. 마마코 씨답지 않은 대답이네. 평소 같으면 자식이 어리광을 부리게 할 작전을 가르쳐줬을 텐데……. 당신, 진짜로 마마코 씨 맞아?"

"윽……. 무심코 아들의 입장에서 의견을……!"

어머니들이 차분하게, 뚫어지게 쳐다봤다.

마마코 행세를 하는 것도, 더는 무리……라고 생각했을 때였다.

"뭐, 농담이야. 딱 봐도 마마코 씨인걸. 오호호."

"그, 그렇죠?! 우후후! ……살았다……."

어찌어찌 목숨을 부지했지만, 지칠 대로 지친 마사토 마마코는 그대로 축 늘어지고 말았다…….

"어머, 마마코 씨. 괜찮아? 기운이 없어 보이네."

"아, 네. 오늘은 새벽부터 집안일을 했더니, 좀 피곤해서……."

"무슨 소리야. 그런 건 우리한테 일상이잖아?"

"나는 빨래하고, 아침 만들고, 이불 널고, 청소까지 하고 왔거든?"

“우리 집은 개를 기르니까, 산책도 시키고 왔어. 마을을 두 바퀴 정도 돌았다니깐.”

“나는 아침에 배달 일을 마치고 왔어. 간담회에 오려고 열심히 했다니깐.”

“맙소사…… 그런데도, 텐션이 하늘을 찌른다니…… 체력이 얼마나 좋은 거야…….”

완전히, 청소년 남자애와는 전혀 다른 생물이다. 그렇게 생각할 수밖에 없다.

벌써 땀범벅이 된 마사토 마마코가 아연실색하고 있을 때였다.

“아~! 마마코 씨가 저기 있네요~! 같이 이야기 좀 나눠요~!”

“더 늘어나는 거야?!”

게다가 어머니가 추가됐다. 인파를 헤치면서, 3인조가 다가왔다.

한때 좀 놀았을 것 같은 분위기의 어머니. 똑 부러지는 옷차림에 당당한 어머니. 숄더백을 걸치고 있는 푸근한 인상의 어머니.

이렇게 세 사람이다.

“어머? 못 보던 분들이네.”

“안녕하세요~. 좀처럼 집에서 못 나오니까, 처음 뵙겠습니다, 네요~.”

“어머, 그렇구나. 그럼 낯선 게 당연하겠네. ……그렇다면, 이참에 마마코 씨와 이야기 좀 나눠봐. 내가 양보할게.”

“호의에 감사드려요.”

다른 어머니들의 배려로, 이 3인조 어머니들이 마사토 마마코를 포위했다.

"아, 안녕. 만나서 반가워."

"안녕하세요~. 그럼, 우선 아들의 멋진 점을 가르쳐 주세~요."

"그야 잘생겼다는 거야! 자기 입으로는 말 안 하지만, 나는 엄마니까 당당히 말할 수 있어!"

"아드님과는 몇 살 때까지 같이 목욕했나요?"

"다섯 살 때까지…… 아, 하지만 피치 못할 사정이 있어서 어젯밤에도……."

"저, 저도 마마코 씨들처럼 사이좋은 부모 자식 사이가 되고 싶어요! 어떻게 하면 될 수 있을까요?!"

"자식의 인내력을 길러주는 게 가장 중요해."

실제 체험에 기반한 부분은 자신감을 가지고 이야기해 줬다. 그럴 때였다.

추첨회 같은 데서 들을 수 있는 딸랑~ 딸랑~ 하는 종소리가 크게 울려 퍼졌다.

"자, 주목~! 이 소동을 알고, 이벤트가 찾아와줬어요~!"

"엄마들이 좋아하는 시연 판매라고! 놓치지 말라고!"

모네와 마마코 마사토가 길 끝을 손가락으로 가리켰다. 그 쪽에서 짐마차 몇 대가 다가오고 있었다.

마차에서 뛰어내린 종업원들이 뚝딱뚝딱 작업을 하자, 시연 판매 코너가 금방 설치됐다.

"흐음~ 재미있어 보이네."

"이것도 어머니의 소양이겠죠. 어머니라면 참가해야 마땅할 거예요."

"마사, 아니, 마마코 씨! 저희도 엄마답게 참가하죠!"

"아니, 나는…… 아아, 아아아……."

저항할 여력은 이미 없었다. 결국 3인조에게 끌려간 마사토 마마코는 시연 판매 코너의 가장 앞줄에 섰다.

"마 엄마! 함께 즐기자고!"

"쓸데없이 의욕 넘치는 사람을 보니 질리겠네……."

어느새 자기 옆자리에 자리한 마마코 마사토를 곁눈질로 쳐다보고 있을 때였다.

화려한 정장 차림의 남성이 등장하더니 시연 판매가 시작됐다.

"아름다운 사모님 여러분! 준비되셨습니까! 끝내주는 상품을 소개하겠습니다! 자, 분위기 좀 끌어올려 볼까요!"

""""꺄아~!"""" 짝짝짝!

주위에 있는 어머니들과 마찬가지로, 3인조 어머니들도 힘차게 손뼉을 치며 성대한 환성을 보냈다.

남자애 한 명의 목소리가 섞여 있지만, 누구 목소리인지 생각했다간 울적해질 것 같았기에 무시했다.

"이 뜨거운 열기는 뭐야……. 따라가질 못하겠어……."

"무슨 소리야. 이건 텔레비전 쇼핑 같은 거잖아? 식은 죽 먹기네~."

"어머니라면 흥분하는 게 당연하겠죠. ……설마……."

"에이! 저도 엄마예요! 꺄아~!!" 짝짝!!

들켜선 안 된다. 남은 체력을 쥐어짜 낸 마사토 마마코는 어머니답게 필사적으로 환성을 질렀다!

판매원인 남성은 발화 젬식 화로에 프라이팬을 두더니, 생선을 굽기 시작했다.

“자, 보십시오! 이 프라이팬은 어마어마한 화력으로 생선을 구워도…… 자, 눌어붙지 않습니다! 번쩍번쩍하죠! 예이~!”

“““예이~!”””

“여기는 RPG 세계라고……. 그 기술로 방패나 만들어…….”

“어, 뭐? 그게 어머니가 할 말이야?”

전직 날라리 같아 보이는 어머니가 미심쩍은 눈길로 쳐다봤다. 들켜선 안 된다!

“예, 예이~! 멋져! 눌어붙지 않는 프라이팬, 최고!”

“성원 감사드립니다! 그럼 이참에 오오스키 마마코 씨께 시연을 부탁드릴까 합니다! 자, 이쪽으로 오시죠!”

“……뭐?”

“마마코 씨, 힘내세요.”

“저, 저도 응원할게요!”

“마 엄마, 힘내라고!”

당당한 어머니와 숄더백을 멘 어머니와, 덤으로 마마코 마사토에게도 등을 떠밀린 탓에…….

마사토 마마코는 시연을 하게 됐다.

“그러면 마마코 씨, 잘 부탁합니다!”

“큭! 어디 해주겠어! ……어머나! 정말 눌어붙지 않네! 대단해~! 가지고 싶은걸!"

"""나도 가지고 싶어!"""

마사토 마마코가 그렇게 말하자, 구입 희망자가 차례차례 손을 들었다. ……요리를 못하는 마사토 마마코가 써도 눌어붙지 않은 것을 보면, 품질 하나는 확실해 보였다.

"자, 다음으로 넘어가겠습니다! 이번에 소개해 드릴 것은 엑서사이즈볼입니다! 올라타고 데굴데굴하기만 해도 날씬해지는 멋진 아이템이죠!"

""""멋져!""""

"그럼 마마코 씨, 부탁드립니다!"

"또 내가 시연을 하는 거야?!"

마사토 마마코가 밸런스 볼 위에 드러누웠다. "멋져!", "저런 몸매가 될 수 있는 거구나!" 마마코는 원래 몸매가 끝내줬다. 착각 장사법이란 말을 하지 말아줬으면 한다.

"이, 이만 끝내……."

"그럼, 마마코 씨! 다음 상품의 소개를 부탁드립니다!"

"완전 판매원으로 부려지고 있어?!"

그리하여 "천연 진주 목걸이!", "알이 참 크네!" 이어서 "고급 브랜드 백!", "갑작스러운 외출 때 편리하겠어!" 소개를 "콜라겐 드링크!", "피부가 탱글탱글~!" 이어갔다.

온힘을 다해 어머니들의 텐션에 맞춰준 결과…….

'더는 무리야……. 죽어……. 진짜로 죽는다고…….'

마사토 마마코의 HP가 0이 되고 말았다.

진주 목걸이와 브랜드 백을 걸치고, 프라이팬과 콜라겐 드링크를 손에 든 채, 밸런스볼 위에 축 늘어져 있는 마사토 마마코에게…….

“그러면 다음 상품입니다! 자, 마마코 씨!”

“더는 무리, 더는 무리, 더는 무리…….”

“그러지 마시고, 이것을 보시죠.”

판매원인 남성은 왠지 눈에 익은 손거울을 보여줬다. 손가락 끝을 거울에 살며시 대자…….

남성은 빛에 휩싸이더니……. 긴 흑발과 냉정 침착한 얼굴을 지닌 정체불명의 수녀로 순식간에 변했다.

시라아세였다.

“이 MOD 손거울은 딱 한 개만 제공됩니다. 어떻게 하시겠습니까?”

“……부르는 값에 사겠어.”

이딴 소리나 늘어놓는 이 사람을 온 힘을 다해 두들겨 패주고 싶었지만, 마사토 마마코에게는 그럴 힘조차 남아 있지 않았다.

저녁 시간.

간담회와 뒷정리를 무사히 마친 후, 엄마 해결사 가게에서…….

“……너무 가혹한 하루였어…….”

무사히 원래 모습으로 돌아온 마사토는 테이블에 넙죽 엎드린 채 꼼짝도 하지 않았다.

마찬가지로 원래 모습으로 되돌아온 마마코는 따뜻한 코코아를 살며시 내밀었다.

"마 군, 수고했어. 정말 힘들었지?"

"그래……. 그래도 끝까지 들키지 않아서, 다행이야."

모자지간끼리 은밀한 눈짓을 주고받으며, 한숨 돌린…….

바로 그때였다.

"어떻게 할까? 눈치 못 챈 걸로 해둘까?"

"모습이 바뀐 것 말이야? 나도 눈치를 채긴 했는데, 모르는 척해주는 게 좋을까? ……그런데, 언제부터 바뀌었던 걸까?"

"어제, 모네 양과 저희가 전단지를 나눠주러 갔을 때부터겠죠."

"평소보다 사이가 좋아 보여서, 저는 그냥 입 다물고 있었어요!"

다른 테이블에 모여서 차를 마시던 여성 멤버들이 무슨 말을 하고 있었다.

"어째서 들킨…… 앗, 시라아세 씨구나!"

"제가 알려준 게 아닙니다. 동료라면 당연히 알아채지 않을까요? ……아니면 마사토 군의 연기가 어설펐던 거겠죠."

마사토는 벌떡 일어서자, 시라아세는 태연한 어조로 그렇게 말했다. 사람 참 화나게 하는 재주가 있는 사람이다.

필사적으로 숨겼지만, 실은 처음부터 들통 났었던 것이다.

이것으로 그 고난의 연속은, 전부 괜한 짓거리가 됐다.

마사토의 내면에서, 격한 분노와 수치심이 용암처럼 부글부글……!

"하지만, 눈치 못 챈 척하길 잘했다 싶어. 덕분에 마사토가 어머니 체험을 했잖아."

"좋은 기회가 됐을 테죠."

"자기가 한 말을 지켰어요! 역시 마사토 씨는 대단해요!"

"크……."

기회가 생기면 하겠다고 분명 말하기는 했던 만큼, 마사토는 불평할 수가 없었다…….

"그냥 전부 비밀로 하는 편이 서로에게 좋을 것 같아."

"그러고 보니, 나도 말 안 한 게 있어. 시라아세 씨가 아침 일찍 찾아와서 MOD 손거울을 줬다는 거야."

"어이."

"우리가 와이즈 양의 변화 마법으로 모습을 바꾼 후, 셋이서 몰래 간담회에 참가한 것도 비밀로 하죠."

"그때 그 3인조가 너희였냐!"

"그때 했던 이야기도, 비밀로 하는 편이 좋을까요?!"

"마사토 군이 전부 실토한다면 저희도 솔직하게 전부 이야기하기로 했었죠. ……자, 어떻게 할까요?"

여성 멤버들이, 힐끔힐끔 쳐다봤다.

서로가 전부 실토한다…… 인내력은 그렇다 쳐도, 자칭 미남이나 어머니와 함께 목욕했다 같은 즉사급 소재로 인해 마사토는 자폭하게 될 것이다.

"……동료라고는 해도, 비밀 한두 가지 정도는 있어도 괜찮다고 생각해."

마사토는 조용히 책상에 엎드렸다.

그런 마사토의 옆자리에 마마코가 조용히 앉았다.

뭐가 그렇게 즐거운 건지, 방긋방긋 웃고 있는 어머니의 얼굴을 본 마사토는…… 문뜩 생각난 것을 말했다.

"……어머니의 일상을 체험하고, 생각한 건데 말이야."

"어머, 뭘까?"

"항상, 수고 많으십니다."

"우후후, 별말씀을요~."

존경의 마음을 담아, 마사토는 그렇게 말했다.

MMMMMORPG
REPORT VOL.2

모험 리포트
VOL.2

작성자 : 오오스키 마사토

그 후, 혼자서 몰래 방어구점에 가서 철제 앞치마를 장비해 봤어. 하지만 엄마의 가슴이 훨씬 무거웠다고. 항상 그렇게 무거운 걸 장비하고 있으면서, 아무렇지 않게 움직이며 검을 휘두른 거구나. 정말 대단해…….

조사원 : 시라세 마스미

가슴보다, 팬티스타킹의 착용감을 보고해 주세요. 다시 써오세요.

제3장
모험가들의 휴일

나무가 울창하게 자라고 있는 숲속에, 요새가 하나 존재했다.

사람들의 생활을 위협하는 몬스터에게 저항하기 위해, 암석을 쌓아서 만든 튼튼한 요새다. 그 견고함은 손꼽힐 정도이며, 몇 번이나 격전지가 되면서도 모든 침공을 막아냈다.

방어에 심혈을 기했다고 해도 과언이 아닌 이 요새는『함락되지 않는 요새』라 불렸고, 사람들에게 찬사를 받을 뿐만 아니라 병사들의 자랑거리가 됐다.

하지만 그것도 지금은 옛날이야기다.

시간이 흘러, 그 역할을 마치고 방치된 요새는…… 자유분방하게 자라나는 식물과 몬스터에게 지배받게 됐다고 한다.

"지은 지 100년 이상 됐고, 전기와 가스와 수도 시설은 없어. 인간은 살기 힘들지만, 몬스터에게는 최고의 매물일지도 모르겠네. ……아, 여기로 들어갈 수 있겠어."

외벽에는 식물이 자라나면서 생겨난 틈새가 있다. 용사 마사토는 옆으로 서더니, 그 틈새를 통해 요새 안으로 침입했다.

동료들이 그런 그를 뒤따랐다.

"그래도 함부로 눌러앉으면 곤란해."

"인근 마을 사람들이 걱정하니까요! 어떻게 좀 해봐야 할 것 같아요!"

현자 와이즈와 여행 상인 포타가 외벽 틈새를 통과했다.

이어서 치유술사 메디가 틈새를 통과하려 했다.

"죄송하지만, 저는 안으로 들어가지 못할 것 같아요."

"어, 왜? 우리는 별 무리 없이 들어왔거든?"

"유감이지만, 저와 와이즈 양은 특정 부위의 사이즈가 하늘과 땅만큼 차이 나니까요……."

메디는 옆으로 걸으면서 틈새를 통과하려 했지만, 훌륭하게 자란 가슴이 걸릴 것 같았다…….

하지만 "좋아, 도와줄게.", "아앗?!" 약간 짜증이 난 와이즈가 메디의 팔을 억지로 잡아당겼다. 그러자 가슴이 말캉하며 눌리더니, 그대로 벽과 마찰했다.

"와이즈 양! 무모한 짓 하지 마세요! 제 가슴이 갈려 나가서 와이즈 양처럼 된다면, 어떻게 책임질 거죠?!"

"괜찮지 않아? 나는 그것도 괜찮다고 봐. 어라? 사이즈가 좀 작아진 거 아냐? 와아, 축하해~."

"아아아…… 마, 마사토 씨! 가슴은, 세게 문지르면 닳는 건가요?!"

"미안해, 포타. 나도 몰라. 아무것도 몰라."

여자애 간의 다툼에 휘말려서 좋을 게 없다. 마사토는 얽히지 않기로 했다. 그것보다…….

마지막 한 사람이 문제다.

"메디가 겨우겨우 지나갈 정도라면…… 엄마한테는, 무리겠네."

"그래……. 좀 힘들 것 같지만…… 일단 노력해 볼게. 잠시만 기다리렴."

"앗, 이보세요. 무리 안 해도 돼……."

마사토가 틈새를 통해 그렇게 말하자, 어머니인 마마코는 빙긋 미소 지었다.

그리고 틈새를 통과할 수 있을지 시도해 봤다. 어머니답게 풍만한 가슴을 두 손으로 꼬오오옥~ 누르면서, 틈새에 억지로 몸을 들이밀었지만…….

게걸음으로 몇 걸음 겨우 나아간 후, 마마코는 움직임을 멈췄다.

"어머나. 틈새에 끼어서 꼼짝도 못 하게 됐네."

"이럴 것 같아서 무리하지 말라고 한 거라고! 하아, 어쩔 수 없네……. 좋아, 내가 어떻게 해보겠어! 이제까지 단련한 용사 파워를 발휘해 주지!"

마사토는 용사의 성검 필마멘트를 이용해, 지렛대의 원리로 틈새를……!

벌리지 못했다.

"크, 꿈쩍도 안 해……. 어쩔 수 없네. 만물의 어머니인 대지의 힘으로, 어떻게……."

"응. 그 방법밖에…… 어머?"

바로 그때였다. 마마코의, 어머니답게 풍만한 가슴이……!

압도적인 탄력으로, 출렁~ 쑤우욱~ 하고 틈새를 밀어내서 넓혔다.

“어머나. 갑자기 지나갈 수 있게 됐네. 우후후.”

“잠깐만?! 말도 안 돼!”

“암석으로 만든 외벽을, 가슴의 탄력만으로 옮기다니…… 역시 마마코 씨야.”

“하긴, 마마코 씨니까요. 이 정도는 아무것도 아니겠죠.”

“역시 마마 씨는 대단해요! 마마 씨는, 가슴도 무적이에요!”

“어이, 다들 좀 있어봐! 납득할 때가 아니거든?! 이건 아니잖아?! 말도 안 되거든?!”

“그럼, 마 군. 다들. 퀘스트를 시작하자. 오~.”

“““오~!”””

“내 말 좀 들어줄래?!”

목적지에 도착했으니, 퀘스트를 시작하기로 했다.

마사토 일행이 맡은 퀘스트는 요새에 살고 있는 몬스터를 제거하는 토벌 퀘스트다.

용사의 힘보다 어머니의 가슴 탄력이 더 대단하다는 점에 대해서는, 포기하는 심정으로 받아들인 후…….

마사토는 동료들 앞에 서며 내부 탐색을 시작했다.

“이야기에 따르면, 상당한 숫자의 몬스터가 있다는데……. 이 근처에는 없는 것 같아.”

“그렇게 생각하게 만든 후, 갑자기 습격하려는 걸지도 몰라.”

“그런 잔머리가 있는 몬스터라면 매우 성가실 것 같군요…….”

"제가 전력으로 경계할게요! 몬스터의 움직임을 놓치지 않겠어요! 으으음!"

포타가 들고 있는 랜턴의 불빛에 의지하면서, 일행은 어둑어둑한 통로를 나아갔다.

요새 내부는 외부와 마찬가지로 잡초로 뒤덮여 있지만, 심각하게 파괴된 곳은 없었다. 벽과 천장은 멀쩡했다.

몬스터가 이곳을 점령하고 있는 증거처럼 흙 발자국이 남아있는 통로가 쭉 뻗어있었으며, 왼편에도 통로가…….

바로 그때였다.

"윽! 뭔가 있어!"

시야 구석에서 뭔가가 흔들렸다. 마사토는 즉시 검을 뽑아 들었지만…….

"괜찮아요! 저쪽 통로에는 몬스터가 없어요!"

"뭐? 없어? 포타의 말이니까, 틀림없으려나? ……하지만, 뭔가가 움직인 것처럼 보였는데……."

"마 군이 본 건 그것 아닐까?"

『그것』이라고 말하면서 마마코가 가리킨 것은 마사토의 앞머리카락이었다.

"뭐? 내 머리카락? ……아…… 듣고 보니 그럴지도 몰라……. 꽤 자란 탓에 눈앞에서 살랑거리거든."

"하아, 마사토~. 그러지 좀 마~. 완전 민폐거든~?"

"사람 놀라게 하는 머리카락이군요. 퀘스트에 방해가 되니, 잘라버리는 편이 좋지 않을까요?"

"그러면 오래간만에 엄마가 머리카락 잘라줄게. 우후후."

그렇게 말한 마마코는 두 자루의 성검을 손에 "하지 마!" 이발 도구도, 이발 장소도, 전부 잘못됐다.

"소란 피워서, 죄송합니다! 앞으로는 제대로 할게! 그럼 가자!"

머리카락을 쓸어 올려서 시야를 확보한 후, 탐색 속행.

하지만 묘했다.

"……없네."

마사토 일행은 요새 내부를 대충 둘러봤다. 하지만 이상 없었다.

문이 열린 방 안을 들여다봤다. 짐승의 잠자리인지, 마른 나뭇잎이 깔린 곳이 몇 군데 있는 게 다였다.

아무리 나아가도 몬스터와 마주치지 않았다.

"으음…… 이게 대체 어떻게 된 걸까?"

"가능성은 두 가지 정도 점쳐볼 수 있어요. 어딘가에 숨어 있거나, 아니면 이미 토벌당한 거죠."

"다른 모험가가 먼저 공략을…… 아니, 그럴 리가 없어. 우리는 여기서 가장 가까운 모험가 길드에서, 누구보다 먼저 이 의뢰를 맡았잖아?"

"접수원이 『막 도착한 새 의뢰라는 것을 알려드립니다~』라고 했잖아. 낯익은 직원이어서, 똑똑히 기억해."

"나도 그래. 너무 낯익은 직원이었지."

눈을 감으니, 눈앞에 어른거렸다……. 냉정 침착하고, 태연자약한 그 사람의 얼굴이 말이다.

"우리를 우선해 줬달까, 거의 떠넘기다시피 이 퀘스트를 소개해 줬잖아. 다른 모험가에게 추월당했을 가능성은 적어."

"그렇다면, 몬스터가 숨어 있는 걸까요?!"

"그래……. 그 패턴을 고려하는 편이 좋겠어. 다들, 더욱 주위를 경계해."

몬스터들이 숨어 있다가, 사냥감이 특정 장소에 도착한 순간에 일제히 덮친다…… 그런 함정일 것이다.

그런 짓을 벌이기에 딱 적당한 장소인, 안뜰이 보이기 시작했다. 넓이도 상당했다.

"우리가 안뜰에 도착한 순간, 입구가 철책 같은 것으로 철컹! 하겠네."

"그렇게 갇힌 순간, 주위에서 몬스터의 크엉~ 하는 울부짖음이 들려오는 거구나."

"그리고, 사방팔방이 몬스터 천지. 그런 절체절명의 상황에서……."

"마마 씨의 『에잇!』으로, 다 끝나는 거군요!"

""딩동댕.""

"잠깐만 있어봐, 포타. 그때는 내가……."

"그럼 가자. 이 엄마, 힘낼게!"

"잠깐만 좀 있어 보라고, 엄마! 제발 부탁이니까, 나한테……!"

마사토 일행은 안뜰로 들어섰다.

근 순간, 입구가 철컹~ 하면서 닫혔다!

하지만, 그 후로 아무 일도 일어나지 않았다.

"……어라?"

무기를 쥔 일행은 포타를 감싸면서 전력을 다해 주위를 경계했지만…….

1분이 흘러도, 5분이 흘러도, 아무 일도 일어나지 않았다.

몬스터는, 한 마리도 나타나지 않았다.

"…………어, 왜지?"

대체 어떻게 된 것일까.

그 해답은…….

의뢰를 재확인하기 위해 마사토 일행이 모험가 길드에 가보니, 대뜸…….

"이번 건은, 진심으로 사죄드립니다."

카운터 너머로 정중한 사과를 받았다.

하지만 사과하는 사람은, 표정이 평소와 다름없는 탓에 사과를 받는 느낌이 거의 안 나는 접수원 시라아세였다.

"무슨 일 있나요? 그렇다면 사과는 됐으니까, 솔직하고 상세한 정보만 알려주세요. 장난치지 말고요."

"저의 작은 즐거움을 빼앗다니…… 마사토 군은 너무한 사람이군요."

"장난을 즐거움으로 여기지 말아주세요. 제대로 설명해 달라고요."

"알겠습니다. 그럼 알려드리도록 하죠~."

시라아세는 불만이 약간 묻어나는 투로 설명을 시작했다.

"토벌 퀘스트를 하러 갔는데, 토벌 대상인 몬스터가 한 마리도 나오지 않았다…… 그게 당연한 상황입니다."

"당연하다고요?"

"왜냐하면, 이 세상에 존재하는 모든 몬스터는 오늘, 휴가를 받았으니까요."

"……네?"

모든 몬스터가 휴가 중.

마사토는 무슨 말을 들은 건지 이해 못했고…… 다른 동료를 둘러보니, 다들 영문을 모르겠다는 표정을 짓고 있었다.

"으음…… 네?"

"마사토 군들은 친숙하지 않은 이야기라고 생각합니다만…… 정부가 『근로 방식 개혁』을 추진하고 있다는 건 알고 있습니까?"

"어, 그게 뭐야? 나, 들어본 적 없는데……."

"저는 알아요. 노동 환경과 노동 시간 개선, 그리고 충실한 휴가를 통해서 노동조건을 좋게 만들어서 만족도와 생산성을 높이려는 것이죠?"

"저도 알아요! 휴가를 꼭 보내야만 하는 룰이 있대요!"

"어…… 메디는 몰라도, 포타도 알고 있어? ……마, 마사토는 알아?!"

"당연히, 알지." 반짝☆

새하얀 치아를 반짝이며, 당연한 듯이 말했 "거짓말이네." 바로 들켰다. 와이즈는 동지가 있어서 기쁜 것 같았다. 마사토는 정말 분했다.

"메디 양과 포타 양의 말이 맞습니다. 그리하여, 몬스터에게 휴가가 주어진 것이죠."

"아하. 몬스터도 근로 방식 개혁을……. 아니, 잠깐만. 그건 이상하잖아. 몬스터는 노동으로서 몬스터 짓을 하는 게 아니거든?"

"하지만 몬스터는 24시간, 365일, 몬스터 짓을 하고 있잖니. 때로는 쉬어주지 않으면, 몬스터도 피로에 찌들고 말 거야."

"엄마의 말도 이상해. 그런 논리로 본다면, 항상 인간 짓을 하는 우리도 피로에 찌든 게……."

마사토는 말을 이으려다 문뜩 생각했다.

인간으로서, 인간이기에, 지치고 마는 순간…….

'아아……. 때때로, 그럴 때가 있긴 해.'

납득한 마사토는 아련한 눈길을 머금었다. 포타는 고개를 갸웃거렸지만, 와이즈와 메디도 동의한다는 듯이 아련한 눈길을 머금었다. 다들 피곤할 나이대인 것이다.

인간은 지친다. 그와 마찬가지로, 몬스터도 지치는 것이다.

"그러니 마마코 씨의 추측이 옳은 것으로 하며, 현실적인 이야기는 하지 않도록 하겠습니다."

"현실적인 이야기?"

"예를 들어, 저처럼 게임 세계의 참가자를 감독하는 사람은 참가자 여러분이 전투 행위처럼 위험을 동반하는 활동을 할 때는 상황을 살피게 되어 있습니다. 그게 제 일이죠."

"흠흠."

"그러니 예를 들어서 오늘이 현실 세계에서 연휴 기간일지라도, 저는 출동을 해야만 합니다."

"그, 그런가요……."

"예를 들어 다섯 살 된 딸에게 하다못해 도시락을 싸준 후, 조부모님에게 딸과 함께 동물원을 가달라는 부탁을 해놓고 일을 하러 나와야 하는 거죠."

"으, 으음…… 수고 많으시네요……."

"이쪽의 생활 상황을 알 리 없는 혈기 왕성한 소년이 모험을 하고 싶다고 난리를 피우면, 휴가 중인 직원을 대신해 새로운 퀘스트를 소개하는 일을 하게 됩니다. 노동이란 참 멋지군요. 네, 정말 멋집니다."

"……누구, 일까요……. 그렇게 눈치 없는 자식은…… 정말 쓰레기네요……."

마사토는 시라아세와 눈길을 마주하지 못했다.

몬스터에게 휴가를 준다…… 그것은 모험가들의 활동을 억제하고, 감독 역할을 맡은 사람들이 휴식을 취하게 하는 효과도 있는 것이다. 어쩌면 그쪽이 메인일지도 모른다.

"하던 이야기를 계속하죠. 아까 말씀드린 대로, 오늘은 모든 몬스터가 휴가 중이라서 토벌 계열 퀘스트의 실행은 어렵습니다. 미리 알려드리지 못해 정말 송구합니다."

"아, 아뇨……."

"알려드리지 못한 이유는, 잦은 노동에 지친 저의 단순한 미스입니다만…… 용서해 주시겠습니까?"

"무, 물론이죠! 뭐든 전부 용서할게요! 남자는 한 입으로 두 말하지 않아요! 전혀 신경 쓰지 않는다고요!"

"마사토 군은 상냥하군요. 감사합니다."

죄책감으로 점철된 마사토가 고개를 숙이자, 시라아세는 옅은 미소를 머금으며 자리에서 일어났다.

"그러면 저의 오늘 업무는 이만 끝내고, 가능하면 휴가를 보내고 싶습니다만……."

"제발 그러세요! 푹 쉬세요! 아, 맞다! 저희도 오늘은 쉴래요! 그러니 아무 걱정 마세요!"

"그러십니까. 그렇다면 안심해도 되겠군요. 여러분도 즐거운 휴일을 보내십시오."

카운터에 【CLOSED】 표시판을 둔 후, 시라아세는 돌아갔다…….

"……이렇게 평일에 휴일을 가지는 건 지난주 이후로 처음이군요……. 딸은 유치원에 있을 테니…… 자, 오늘은 무엇을 할까요……. 후후후……."

시라아세는 무슨 말을 하면서 건물 안쪽으로 사라졌다.

얼이 나간 채 배웅하고 있는 마사토의 어깨를, 와이즈가 위로하듯 두드려줬다.

"오늘도 시라아세 씨에게 농락당했네. 수고했어."

"큭……. 『예를 들어』가 진짜로 예시였던 거냐고……. 저 사람은 항상……!"

"하지만, 결과적으로 잘 된 것 아닐까요? 마사토 군이 휴일 선언을 한 점은 특히 높이 평가해요."

"나도 그렇게 생각해. 역시 휴식은 중요하잖아."

"네! 저도 제대로 쉬는 게 중요하다고 생각해요! 그러니, 마사토 씨!"

뭔가 생각하는 바가 있는 건지는 모르겠지만, 포타가 열렬한 목소리로 호소했다.

남자는 한 입으로 두말하지 않는다. 설령 두말하려고 해도, 모든 몬스터가 휴가 중이라서 퀘스트와 필드에서의 일반 전투도 불가능한 상황이다. 그러니 마사토의 대답은 정해져 있다.

"뭐, 그래. ……그럼……."

"그럼, 오늘은 우리의 휴일로 삼자. 오~!"

"엄마의 그런 부분도 좀 쉬어줘도 될 텐데 말이지……. 하아……."

마음속으로 준비해 뒀던 발언 대신, 마사토는 한숨을 내쉬었다.

날씨는 맑음. 햇살도 따뜻.

마마코가 특별 용돈을 지급해 줘서, 지갑도 두둑하다.

준비 완료. 자, 휴일을 즐겨보자.

"그럼 뭘 할까……. 점심을 먹기에는 아직 이른데 말이야……."

마사토 일행은 모험가 길드에서 흩어진 후, 각자 자유롭게 하루를 보내기로 했다.

저녁 식사 시간까지 여관에 집합하는 것 말고는 다른 제한이 없는, 프리덤 상태다.

동료들 또한 이미 뿔뿔이 흩어졌다. 모험가 길드 앞에 멀뚱멀뚱 서 있는 사람은 마사토뿐이다.

"……휴일에는 뭘 하면 되더라?"

휴일이니까 실컷 게임을! ……하고 생각했지만, 애초에 게임 세계 안에서 지내고 있다는 데 생각이 미친 마사토는 뭘 하면 좋을지 생각나지 않았다.

그래서 별생각 없이 하늘을 올려다보자, 앞 머리카락이 눈앞에서 살랑거렸다.

"머리카락이라도 자르러 갈까……. 응, 그래. 좋아, 결정~."

앞 머리카락을 만지작거리면서, 마사토는 걸음을 옮겼다.

이곳은 숙박촌. 이름 있는 마을에 비하면 규모가 작지만, 그래도 일단은 마을이기에 규모가 꽤 컸다.

처음 들르는 곳이라 어디에 뭐가 있는지 모른다. 그러니 산책을 즐기자고 생각한 마사토는 적당히 돌아다니기 시작했다.

"꽤 정취가 있는걸."

현실 세계에서는 그다지 볼 기회가 없는, 흙벽으로 된 건물. 돌을 깔아서 만든 도로를 걸을 때 나는 자신의 발소리. 자신을 스쳐 지나가는 마차.

판타지 느낌의 게임 세계에서만 볼 수 있는 광경을 느긋하게 즐겼다.

한가한 듯이 돌아다니는 전사와 마법사 여성들을 별생각 없이 쳐다보기도…….

"아, 여자만 쳐다보는 건 아니거든? 나는 풍경도 제대로 즐기고 있단 말이야."

그런 변명 같은 혼잣말을 늘어놓으면서, 빠른 발걸음으로 나아갔다.

길을 오가는 사람들이 늘어나기 시작했다. 이대로 사람들의 흐름과 소리에 의지해서 나아가다 보면, 다양한 가게가 있는 번화가에 도착할 것 같다…….

바로 그때였다.

……어, 진짜야?! 무지 신경 쓰이기는 하는데……!

귀에 익은 목소리가 들려왔다.

"이 목소리…… 와이즈인가?"

많은 통행인이 오가는 길 너머에…… 시끌벅적하게 떠들고 있는 빨간 색 복장의 누군가가 있었다. 와이즈가 틀림없다.

와이즈는 모델 느낌의 스타일리시한 미남과 마주 선 채, 무슨 이야기를 나누고 있었다. 유감스럽게도 대화 내용은 잘 들리지 않지만…….

"설마, 헌팅? ……아니, 그럴 리가 없어. 말도 안 돼. 와이즈가 헌팅을 당하다니……."

말도 안 된다. 하지만…….

갑자기 와이즈가 미남과 팔짱을 끼더니, 나란히 걷기 시작했다.

"어? 잠깐만, 진짜야?"

진짜다. 두 사람은 즐겁게 이야기를 나누며 멀어져갔다.

얼이 나가 있던 마사토는…….

"……뭐, 뭐어. 됐어. 나와는 상관없잖아. 응."

신경 쓰지 않기로 했다. 이제 전혀 신경 쓰지 않는다. 아니, 신경 쓰이지 않는다.

마사토에게 와이즈는 동료이자, 꽤 사이가 좋은 편이라고 생각한다. 하지만 그렇다고 해서, 와이즈가 다른 남자와 사이좋게 지내는 모습을 보고 질투하지는 않는다. 질투 안 한다고.

헌팅을 당해 따라간 그녀가 이제부터 어떻게 되든, 그것은 그녀 개인의 자유다.

이제 전혀 신경 쓰이지 않으니까…….

마사토는 건물 뒤편에 숨은 채, 슬쩍~ 얼굴을 내밀었다.

"……딱히 신경 쓰이는 건 아니거든? 이건 그런 미행이 아냐. 나는 파티의 리더로서, 동료의 안전을 확인하고 싶을 뿐이라고. 응."

통행인이 미심쩍은 표정으로 쳐다보지만, 그런 걸 신경 쓸 때가 아니다. 모든 것은 동료를 지키기 위해서다. 그런 것으로 해두겠다.

마사토가 지그시 쳐다보는 가운데, 와이즈와 미남이 담소를 나누며 계속 걸음을 옮겼다.

어디로 향하는 것일까…… 하고 생각했을 때, 멈춰선 두 사람은 길가에 있는 가게에 들어갔다.

마사토는 건물 뒤편에서 나오더니, 통행인인 척하면서 가게 앞을 지나쳤다.

"여기는…… 옷 가게?"

쇼윈도에 장식된 것은 밝은 색상의 상의, 옷자락이 짧은 하의, 그리고 적당한 가격의 액세서리와 소품 등이었다. 여성용 패션을 취급하는 가게 같았다.

"헌팅한 후, 바로 선물 공세를 하는 걸까? 대단하잖아, 미남."

곁눈질로 가게를 꼼꼼히 살피면서 지나친 마사토는 그대로 뒤돌아섰다.

그리고 다시 가게 앞을 통과하면서, 이번에는 가게 내부를 살폈다. 핑크색과 하트 모양이 눈길을 끄는, 밝고 화려한 느낌의 내부였다. 손님은 대부분 여자였다. 꽤 활기가 넘치는 공간이었다.

"아. 아까 본 미남 발견. 하지만 와이즈의 모습이 안 보이는 걸……."

곁눈질로 가게 안을 살피면서 지나친 후, 다시 돌아섰다.

세 번째 통과 때는 걷는 속도를 최대한 줄이면서 와이즈의 수색에 전념했다. 머리에 초코 소라빵이 달려 있으니 간단히 발견할 수 있으리라고 생각했지만…….

"……어?"

바로 그때, 마사토는 눈치챘다.

가게 안에 있는 여성 전원이 마치 거동 수상자를 보는 듯한 눈길로 마사토를 뚫어지게 쳐다보고 있었다.

“으음…… 아, 아니에요~. 저는 그저 통행인이라고요~. 하하하~.”

여러모로 영문 모를 분위기였다. 마사토는 전혀 수상하지 않은 미소를 지으며 인사한 후, 그대로 그 자리를 벗어났다…….

“거동 수상자가 있어! 잡아!”

“전투 직업인 사람이 있으면 도와줘! 서둘러!”

“어어어엇?! 잠깐만, 나는 아무 짓도……!”

“도둑 직업의 속도를 얕보지 마! 놓치지 않겠어!”

여자 손님 중에는 휴가 중인 모험가도 섞여 있는 것 같았다.

눈에 보이지 않는 속도로 가게 밖으로 뛰쳐나온 한 여자가, 마사토의 팔을 꽉 끌어안았다.

‘앗, 이 애……. 꽤, 크네…….’

그런 생각을 할 때가 아니다.

뒤이어 뛰어온 꽤 근육질인 여자애에게 꼼짝도 못 하게 잡힌 마사토는 그대로 가게 안으로 끌려 들어갔다.

“기다려! 기다리라고! 나는 거동 수상자가…… 아…… 등에, 엄청난 게 닿아 있어…….”

“우와, 저질! 변태가 틀림없어!”

“아니, 거짓말이야! 나는 아무 말도 안 했어! 이상한 생각도 안 했다고요!”

“빨리 처리해 버리자! 오늘은 쉬는 날이라서 무기가 없으니

지만…… 아마 기분 탓일 것이다.

"아무튼, 이 일은 일단락됐네. ……그럼, 보수 이야기를 하자."

"보수? 무슨 소리야?"

"내가 오해를 풀어서 마사토를 구해줬잖아? 그 답례 말이야. 액세서리 하나 정도는 사줘도 되지 않겠어?"

"아……. 뭐, 그래……. 너무 비싼 게 아니라면, 하나 정도는……."

"좋아, 결정~. 그럼 고를게. 너도 의견을 들려줘."

이발비를 생각하면 지갑 사정이 걱정되지만, 감사의 마음을 표시하는 건 중요하리라.

하지만 말이다.

"으음~. 하지만……."

"뭐야. 무슨 문제라도 있어?"

"답례 삼아 사주는 건 좋지만…… 사주는 상대가……."

"상대가 나라서 불만이야? 좋아, 날려버리겠어."

"아니, 그게 아니라……."

"뭔데?"

"속옷 차림으로 아무렇지 않게 가게 안을 돌아다니는 애한테, 선물을 사주는 게 좀 그렇다 싶거든."

와이즈는 속옷 차림으로 탈의실에서 튀어나온 후로 아무것도 걸치지 않았다.

"어? ……아아아앗?!"

"이제야 눈치챈 거야? 너, 바보지?"

"시, 시끄러워! 이건, 저기…… 네, 네 탓이야!"

"왜 내 탓인데?"

"네가 내 옷차림을 보고 그럴듯한 리액션을 보였다면, 나도 바로 눈치챘을 거야! 왜 아무 말도 안 한 건데?!"

"모처럼의 휴일이니까, 노출 취미를 즐기고 있는 건가 했어."

"헛소리하지 마!"

뭐, 농담이기는 했다. 실제로는 방금까지 제압당한 상태여서 그런 말을 할 여유가 없었을 뿐이다.

"이건 전부 마사토 잘못이야! 날려버리겠어!"

"그냥 화풀이잖아. 아니, 부끄러워하는 거야?"

"시끄러워! ……스파라 라 마지아 펠 미라레…… 사망(모르테)!"

"이럴 때의 여자애는 정말 불합리하다니까……."

다가오는 사신(死神)이 왠지 미안해하는 듯한 표정을 짓고 있었다.

뭐, 이 정도로 마음이 풀린다면 다행이라 생각한 마사토는 순순히 즉사 마법에 걸려줬다.

마사토가 들어가 있는 관에, 생명의 빛이 뿌려졌다.

"……스파라 라 마지아 펠 미라레…… 소생(리아니마토)!"

"어? 나, 되살아났어?"

슬며시 눈을 떠보니, 아까 있던 옷 가게 안이 아니었다.

높은 천장, 스테인드글라스, 십자가도 보였다. 교회 같았다.

옆에는 상냥한 미소를 머금고 있는 메디가 있었다.
"마사토 군, 기분이 어떤가요?"
"기분은 나쁘지 않은데…… 어떤 상황인지 모르겠어."
"마사토 군은 안습 현자의 마법 공격을 받고 목숨을 잃었어요. 그 후, 범인인 안습 현자에 의해 교회로 옮겨졌고, 제가 소생시킨 거죠."
"왜 일부러 교회로 옮긴 건데? ……걔도 소생 마법을 쓸 수 있는데……."
"이유는 모르겠지만, 일단 소생은 무사히 성공했어요. 그러니까……."
메디는 슬며시 손을 내밀었다.
"교회에서의 소생 요금, 2천 맘을 받겠어요."
"호오~. 그런 꿍꿍이구나."
예배자용 좌석을 쳐다보니, 안습 현자 와이즈가 뾰로통한 표정으로 앉아 있었다.
"와이즈, 너……."
"뭐, 뭐야. 무슨 불만이라도 있어? ……뭐, 아까는 내가 좀 잘못했다고 생각하긴 하는데…… 그래도 역시 마사토가……."
"너, 제대로 옷을 입었구나? 대단해. 참 잘했어."
"우와, 짜증 나. 됐어. 사과 관둘래."
와이즈는 사과하기는커녕, 마사토의 등 뒤로 이동해서 주먹으로 꿀밤을 때렸다. 정말 너무한 애다. 하나도 아프지 않지만 말이다.

"자, 마사토. 소생 받았으니까 빨리 요금을 내. 내란 말이야."

"안 내~. 화풀이 삼아 나를 파산시키려는 거냐고. ……메디도 농담 삼아서 한 말이지?"

"아뇨. 요금을 받을 건데요? 저는 지금 봉사활동의 일환으로, 교회 일을 돕고 있어요. 교회 일로서 마사토 군을 소생시켰으니, 요금을 받을 수밖에 없어요."

"……진짜야?"

"네. 여기 넣어 주세요."

메디는 교회에서 쓰이는 오피셜 수금함을 보여줬다.

마사토가 계속 투덜대며 돈을 내지 않자, 메디의 미소가 서서히 무시무시한 스마일로 "낼게! 낸다고요!" 순순히 돈을 내기로 했다.

마사토의 소지금이 절반으로 줄었다.

"남은 돈으로 이발은…… 좀 무리려나……. 인마, 와이즈. 두고 봐. 이 빚은 꼭 갚을 거야. 너도 돈 낭비하게 해주겠어."

"아무~ 말도 안 들려~."

"하아. ……그건 그렇고, 메디는 휴일에 교회 일을 돕는구나. 대단해."

"맞아. 나도 놀랐어. 마사토의 관을 끌며 교회에 와보니, 애가 있지 뭐야. 게다가 자원봉사를 하고 있지 뭐야. 내 눈을 의심했어~."

"그렇게 놀랄 일인가요? ……휴일에, 타인을 돕는 활동을 하며, 인간성을 높인다…… 매우 유익한 일이라고 생각해요."

메디의 모습이 천사처럼 빛나 보였다.

그 맑은 빛을 쬐고 "윽, 눈부셔!" 별생각 없이 쇼핑하러 나왔다가 마사토를 뜯어먹으려 했던 물욕 덩어리 와이즈는 그대로 정화될 뻔했다. 확 됐으면 좋았을 텐데 말이다.

메디는 괴로워하는 와이즈를 즐거운 듯이 쳐다보더니, 불쑥 이런 제안을 했다.

"이참에 마사토 군과 와이즈 양도 봉사활동을 하지 않겠어요?"

"어, 우리도?……으음……."

"내신 점수도 반영되니까, 하는 것도 괜찮을 것 같지만…… 여기는 게임 세계인데……."

"봉사활동을 하면서 대가를 바라면 안 돼요. ……하지만 게임의 신이 뭔가 상을 줄지도 모르죠."

"게임의 신 같은 게……."

"그럼 『운영』 측이라고 바꿔 말할까요."

"운영 측이……?"

"시라아세 씨가 퇴근한 것 같으니, 다른 신뢰할 수 있는 분이 모니터링하고 있을지도 모르죠."

""시라아세 씨가 아닌 다른 사람이…….""

마사토와 와이즈는 그 중요한 부분을 곱씹은 후, 동시에 머리 위를 우러러보았다.

어쩌면 이 순간, 운영 측의 누군가가 자신들을 지켜보고 있고…….

착한 일을 한 플레이어에게, 포상을…….

"……예를 들어, 스테이터스를 몰래 올려준다거나?"

"마법 봉인 확률을 낮춰준다거나?"

그런 일이 일어날지도 모른다.

아니, 일어났으면 한다. 그렇다면…….

"훗……. 나는 지금, 맹렬하게 봉사활동이 하고 싶어!"

"머릿속이 봉사활동 생각으로 가득 찼다니깐! 화끈하게 해주겠어!"

"그럼, 무엇을 할까요……. 아, 청소가 좋겠군요. 부탁드려도 될까요?"

""오케이! Let's 봉사활동!""

"상의와 귀중품은 제가 잘 맡아두겠어요. 걱정하지 마세요."

""잘 부탁해!""

마사토와 와이즈는 의욕을 불태우며 팔을 걷어붙이더니, 걸레질을 시작했다. 십자가, 제단, 좌석, 그리고 바닥도 닦았다.

특히, 금속으로 된 부분을 청소하는 게 즐거웠다.

"이거 봐, 와이즈! 문손잡이가 반짝반짝 빛나네! 청소하는 느낌이 팍팍 들어!"

"반짝거리는 부분은 청소하기도 편하네! 대충 닦아만 줘도 깨끗해 보이잖아! 나도 할래!"

두 사람은 열심히 봉사활동을 했다.

한편…….

"저는 해독과 소생 의뢰에 대비해 대기해야 해요. 즉시 대처할 수 있도록 기다리는 게 제 일이죠. 아무것도 안 하는 게 아니에요. 후후후."

신부를 위해 특별히 마련된 의자에 느긋하게 앉은 메디가 우아하게 독서를 했다…….

그렇게, 약 한 시간이 흘렀다.

"허억, 허억……. 보, 봉사활동을 실컷 했어."

"하아, 하아……. 해냈어……. 나, 해낸 거야."

전력 청소를 한 마사토와 와이즈는 체력이 바닥났다. 두 사람 다 의자에 축 늘어져 있었다.

하지만 노력한 보람이 있는 건지, 교회 안은 윤이 날 정도로 깨끗해졌다. 빛으로 가득 차 있었다.

"두 분, 수고했어요. 게임의 신께서도 분명 기뻐하고 계시겠죠. 이 정도면 충분하니, 먼저 돌아가세요."

"그렇게 하겠어. 피곤하기도 하고 돈도 없으니까, 여관으로 돌아가서 쉬어야겠네."

"나도 돌아갈래……. 메디는 교회 일을 더 도울 거야?"

"저도 곧 있으면 근무 종료 시각이지만, 인수인계를 해야 하니까요……. 앗……."

건물 안쪽에서 문을 여는 소리가 들려왔다. 누군가가 온 것 같았다.

"그, 그러니 두 사람은 먼저 돌아가세요! 자, 서두르세요!"

"으, 응……?"

"그럼, 먼저 가볼게……?"

묘하게 허둥대는 메디에게 등을 떠밀린 마사토와 와이즈는 교회 밖으로 나갔다.

곧 문이 닫혔다. 그리고 메디가 허둥지둥 안쪽으로 돌아가는 소리가 들려왔다.

마사토와 와이즈는 서로의 얼굴을 쳐다봤다.

"……왠지……."

"……수상해."

확인할 필요가 있다는 생각이 들었다. 조용~히 문을 연 후, 내부를 살폈다.

그러자 메디와 이 곳의 진짜 수녀 같아 보이는 인물이 이야기를 나누고 있었다.

"메디 양, 오늘은 고마웠어. 당신이 와줘서 큰 도움이 됐다니깐."

"도움이 됐다니, 기뻐요."

"신부님이 갑자기 유급 휴가를 가지겠다고 했을 때는 정말 난처했거든. 나는 해독과 소생의 마법을 못 쓰니까, 힐러 분을 찾아야만 했어……."

"모험가 길드에서 그 의뢰서를 본 것은 저한테 있어서도 행운이었어요. 누군가의 인도였을지도 몰라요."

"신부님의 대역만이 아니라, 이렇게 깨끗하게 청소까지 해주다니……. 너는 정말 멋진 사람이야. 마치 천사 같네."

"시간이 있어서 손 닿는 데만 청소했을 뿐이에요. 좋아해 주시니 저도 기뻐요. 우후후."

"그러면, 보수를 줄게. 청소 보수까지 챙겨줘야겠네."

"아, 그렇게 신경써 주실 필요 없는데…… 사양하는 것도 실례겠죠. 그럼 감사히 받을게요."

짤랑짤랑~ 하며 은화가 더 추가된 가죽 주머니를…….

메디가 최고의 미소를 받으며 건네받은, 바로 그때였다.

"봉사활동이, 뭐랬더라?"

"대가를 바라면 안 된다고 했었지, 아마?"

"……윽……."

메디의 등 뒤에 몰래 다가선 마사토와 와이즈가 그녀의 어깨를 두드렸다.

•

보수를 전부 헌금함에 넣은 후, 마사토 일행은 교회를 나섰다.

"봉사활동이라고 해놓고, 실은 아르바이트를 한 거냐. 메디는 대단한걸~."

"청소를 한 건 우리인데, 전부 자기 공적으로 돌려? 메디는 대단하네~."

"오, 오해예요! 애초에 저는 그 보수를 돌려드릴 생각이었어요! 청소 보수는 나중에 두 분에게 드릴 생각……!"

"휴일에 아르바이트해서 돈을 모으는구나. 메디는 대단한걸~."

"능구렁이에 수전노이기까지 하구나. 메디는 대단하네~."

"와이즈 양! 말이 너무해요! ……하아, 정말! 사과할 테니까, 부디 용서해 주세요!"

이 기회에 메디를 놀려대면서 세 사람은 여관으로 돌아갔다.

"아, 노점이 있잖아. 맛있어 보여~."

"저게 뭐지? 케밥 같네? 냄새 참 좋아."

"아, 그래요! 다 같이 먹죠! 제가 사드릴게요! 아, 음료수도 있네요!"

"양이 많고 가장 비싼 걸로 부탁해."

점심값이 굳었다. "자, 드세요!", ""잘 먹겠습다~."" 남의 돈으로 사 먹는 밥은 정말 맛있다.

"이제 와이즈까지 헛돈을 쓰게 만들면 나는 만족인데 말이지."

"잠깐만, 그만해. 화풀이한 건 사과할 테니까……."

"아, 죄송해요. 저, 실수로 와이즈 양의 지갑으로 계산을 한 것 같아요."

"뭐엇?! 왜 메디가 내 지갑을…… 아앗! 청소하면서 귀중품을 맡겨두고 안 돌려받았네!"

"돌려드리는 걸 깜빡해서 죄송해요. ……하지만 괜찮아요."

"뭐가?!"

"저와 와이즈 양이 딱 절반씩 냈으니까요." 방긋.

"그건 계획적 범행이잖아! 너란 애는 정마아아알!!"

와이즈도 벌을 받은 것 같았다. 마사토는 이제 만족했다.

그렇게 시끌벅적~ 우물우물~ 하면서 느긋하게 걷다 보니…….

마사토 일행은 여관에 도착했다.

"그러고 보니 엄마와 포타는 뭘 하고 있을까?"

"마마코 씨는…… 쇼핑간 것 아닐까? 포타도 같이 갔을지도 몰라. 아이템이나 소재 같은 걸 취급하는 가게를 둘러보고 있을 것 같아."

"그래요. 액티브한 휴일을 보내고 있을…… 어머?"

어제부터 빌린 방 근처에 가보니, 문이 열려 있었다.

안에 누군가가……?

"와아! 이 애도 귀여워요! 이 애는 어떨까요? 여러분, 의견을 들려주세요!"

"아, 그래. 우리 동료에 걸맞다고 생각해."

"저 애도 괜찮지 않아? 나와 꼬리가 비슷하잖아."

"그러면 관두는 편이 좋겠군요. 저를 닮은, 저 귀가 긴 애를 권하겠어요."

"으으~! 저, 고민돼요~!"

대화가 들려왔다.

하지만 전부 포타의 목소리였다.

몰래~ 문 쪽으로 다가가서, 방을 들여다보니…….

"이렇게 됐으니, 피타의 의견도 들려주세요! 자!"

"포타가 가장 마음에 드는 애도 하면 돼~."

"전부 마음에 들어서 문제란 말이에요~! 우엥~!"

침대에 이제까지 모은 봉제 인형과 가방에서 떼어낸 마스코트를 줄지어둔 후, 자기도 함께 드러누워서 카탈로그를 보며 버둥거리는 포타가 있었다.

마사토 일행은 훈훈한 미소를 머금었다.
“호오. 이게 포타의 휴일이구나. 귀여운걸.”
“좋아하는 것의 카탈로그를 보면서 방에서 데굴데굴하며 보내는 거네. 최고야.”
“더없이 행복한 한순간이군요. 이것이야말로 베스트한 선택일 테죠.”
“응. 그리고, 귀여워. 보는 사람도 힐링 돼.”
부드러운 볼을 봉제 인형에 댄 채 행복으로 가득한 미소를 머금으며 데굴거리고 있다.
그런 포타를 언제까지고, 언제까지고, 몰래 훔쳐보고 싶…….
“으으음……. 받은 용돈을 모아서, 우선 마마 씨처럼 상냥한 인상의 이 커다란 토끼 씨를…… 어?”
아, 들켰다.
“안녕, 포타.”
“아…… 어? ……우왓……?!”
“심정은 이해하니까, 참을 필요 없어. 하나, 둘, 셋~.”
“꺄아아아아아아아아아아아아아아아아아아아아아아아아아아아아아아아아앗?!”
포타는 목청껏 비명을 지르더니, 허둥지둥 봉제 인형을 끌어안은 후에 이불을 뒤집어썼다.
곰 씨, 고양이 씨, 여우 씨와 함께, 포타의 새빨개진 얼굴이 모습을 보였다. 귀엽다.
“마, 마싸또 씨?! 와이쯔 씨?! 메리 씨?!”

“포타 양. 저만 괴담에 나오는 원령 같거든요? 잘못 말한 거죠?”

“갑자기 찾아와서 미안해. 몰래 훔쳐보려던 건 아니지만, 문이 열려 있었거든. 그리고 말을 걸기 좀 그런 상황이라…….”

“아, 아뇨, 저기, 으음!”

“솔직하게 말할게. 전부 봤어. 전부 들었어. 전부 귀여웠어. 고마워.”

“히이이이이이잉…… 아앗…….”

푸쉬~ 하면서 머리에서 김이 솟구치더니, 포타는 그대로 축 늘어졌다. “정말 미안해!” 만약 마사토가 같은 입장이었다면, 죽고 싶어졌을 상황이다. 저러는 것도 무리는 아니다.

겨우겨우 의식을 되찾은 포타가 울먹거리면서 고개를 들었다.

“훌쩍……. 이상한 짓을 해서, 죄송해요…….”

“하나도 이상하지 않았어! 최고의 휴일을 만끽하고 있었던 거잖아! 다들, 안 그래?!”

“맞아. 휴일에는 역시 데굴거리며 느긋하게 지내는 게 최고야. 그러니까…… 나도 끼워줘~. 나, 고양이 할래~.”

“저도 같이 하겠어요. 아까 저와 비슷한 말투로 말한 건, 이 여우였나요?”

“호오. 미소를 지은 채 속으로 음흉한 생각을 할 것 같은데, 딱 메디 같네……. 아, 그렇다면…… 스파라 라 마지아 펠 미라레…… 변장(트라스포르마레)!”

와이즈는 변신 마법을 써서, 자신과 메디의 모습을 순식간에 바꿨다.

두 사람은 푹신푹신하고 보들보들해 보이는 인형탈 고양이 와이즈와 인형탈 여우 메디가 됐다!

"이건 어때? 괜찮지 않아?"

"인간 크기 봉제 인형 토크인가요. 와이즈 양치고는 좋은 아이디어군요."

"와아! 와이즈 씨도, 메디 씨도 정말 귀여워요!"

"땡큐~. 그리고…… 포타도 인형탈로 만들어버려야지! 후하하하!"

악의 조직 수령 같은 웃음을 터뜨리면서, 와이즈는 또 변신 마법을 사용했다.

그러자 마스코트인 피타의 인형탈이 포타에게 입혀졌다. 피타 포타가 됐다!

"대단해요! 저, 피타가 됐어요!"

"그럼, 시작하자. ……하나, 둘, 셋~!"

"에잇!"

고양이 와이즈와 여우 메디가 침대에 다이빙을 하더니, 피타 포타와 함께 이불을 뒤집어썼다. 세 사람은 몸을 맞댄 채, 웃어댔다.

마음이 맞는 동료가 모여서, 침대에서 데굴데굴하고 있다.

좋아하는 것에 둘러싸여, 하고 싶은 이야기를 하며, 다 같이 웃는다.

이것이야말로 정답. 멋진 휴일 스타일이다.

"좋아. 그러면 곰 마사토도 같이……."

"뭐? 너, 무슨 소리 하는 거야? 바보 아냐?"

"소녀들의 인형탈 파티는 남자 참여 금지예요. 마사토 군은 나가 주세요."

"네……."

따돌림당했다. 뭐, 예상은 했다. 여자애와 한 이불 속에서 꺄아~ 꺄아~가 애초에 무리라는 것은 말이다.

"알았어. 그럼 나는 홀로 쓸쓸히, 할 일도 없이, 남은 휴일을 보낼까……."

"괜찮아요! 마사토 씨는 혼자가 아니에요!"

"뭐? 혼자가 아니라니……."

"같이 보내고 싶어서 근질근질하는 사람이 저기 있잖아."

"단둘이 마음껏 남은 휴일을 즐기세요."

"저기 있다니……."

마사토가 슬며시 돌아보니…….

"엄마도 외톨이라 쓸쓸해. 토끼토끼."

방 입구에서 몰래 쳐다보고 있는, 인형탈 토끼 마마코의 미소가 눈에 들어왔다.

마사토의 눈에서, 눈물이 하염없이 흘러내렸다.

"크……. 뭐가 슬퍼서, 친엄마의 인형탈 모습을 봐야만 하는 거냐고……. 진짜 괴로워……."

"자, 마 군. 기운 내. 엄마와 휴일을 즐기는 거야, 토끼. 뭘 할까, 토끼?"

"우선 인형탈을 벗으라고! ……뭐, 그래봤자 엄마와 할 일은 없지만…… 어?"

바로 그때, 마사토의 긴 앞 머리카락이 그의 눈앞에서 살랑거렸다.

"……참고로, 엄마는 뭘 하고 있었어?"

"날씨가 좋아서, 평소 안 입는 옷을 손보고 있었어. 때로는 햇볕을 쬐게 해주거나, 그늘에서 말리거나, 바람을 쐬게 해줘야 하잖니?"

"동의를 구해도, 나는 잘 몰라."

"우후후. 하긴, 그럴 거야."

현재 위치는 여관 안뜰. 마사토는 의자에 앉아서, 여관 툇마루를 쳐다봤다.

평소 포타의 가방에 들어있던 물건이 양지와 그늘에 줄지어 놓여 있었다.

세일러 교복과 학교 수영복 등…… 대부분, 마마코가 입수한 코스튬이다.

마사토는 시선을 돌려서, 목에 두른 이발용 천의 위치를 고쳤다. 갑갑하지 않도록, 그러면서 자른 머리카락이 들어갈 틈이 없도록 말이다.

"왠지 평소와 별 차이가 없는 것 같은 느낌이 들어."

"듣고 보니, 그러네……. 그래도 엄마일 때가 가장 행복하니까, 이 엄마는 이것도 괜찮다고 생각해."

"그런 건가……."

"그런 거야. 그러니까 엄마로서 마 군의 머리를 잘라주게 되어서 정말 기뻐. 초등학생 때 이후로 처음이지? 우후후."

"어릴 적 이야기하지 마. ……그럼, 잘 부탁해."

"응. 엄마 이발소, 오픈이야."

우선 상황 체크. 마사토의 머리카락을 빗겨주면서, 마마코는 앞쪽으로 몸을 쑥 숙였다.

그러자 마사토의 눈앞에, 엄마의 커다란 가슴 계곡이 펼쳐지면서 그대로 얼굴이 파묻힐 뻔……!

"이보세요?! 잠깐만?!"

"어머, 왜 그러니?"

"아, 아니, 아무것도 아냐……."

일부러 이러는 건 아니기에, 마사토는 눈을 감으면서 이제 신경 쓰지 않기로 했다. 신경 쓰면 지는 것이다.

부정적인 생각을 하면서, 마음을 진정시키자.

'설마, 이 나이 되어서 엄마한테 머리를 잘라달라고 하는 날이 올 줄은……. 와이즈와 메디가 본다면, 확 뒈질 자신 있어.'

머리카락은 자르고 싶다. 하지만 이발할 돈이 없다.

그런 상황에서 이발을 해본 경험이 있는 어머니가 곁에 있고, 시간 또한 있다.

'어쩔 수, 없잖아. 고육지책이라는 거야.'

마사토는 머릿속으로 몇 번이나 변명을 늘어놨지만…… 그런 마음이 점점 누그러졌다.

따뜻한 햇살이 쏟아지는 뜰에서, 느긋하게 이발을 한다.

바람에 초목이 살랑살랑~ 흔들렸다. 새가 짹짹~ 하고 지저귀는 소리가 들렸다. 머리카락을 자르는 찰칵찰칵~ 하는 소리가 들렸다.

너무나도 평온했다.

"……평화로운걸."

"응. 평화롭고 행복해."

머리카락을 쓰다듬어주는 어머니의 손길이, 상냥했다.

몇 번이나, 몇 번이나, 쓰다듬어줬다. 착하다, 착해~.

너무 기분 좋아서, 약았다는 생각마저 들었다.

"……이런 휴일도, 나쁘진 않은 것 같아."

"그래. 매일 이런 나날을 보낸다면 참 멋질 거야."

"맞아……. 어~, 아냐. 그건 안 돼. 우리는 모험가잖아. 내일부터는 또 퀘스트를 팍팍 수행해야 한다고. 그렇게 생각해 줘."

"우후후. 알았어. ……그럼, 마 군. 좀 확인해 줄래? 앞 머리카락 길이는 어느 정도로 해줄까?"

"어디어디……?"

마마코가 건네준 손거울로 셀프 체크를 했다.

감고 있던 눈을 뜬 후, 거울 속의 자기 자신을 체크했다.

"으음……. 조금만 더 잘라도 괜찮을 것 같아."

"어느 정도 말이야? 가위를 대어볼게. ……이 정도?"

"너무 많이 자르진 마. 아주 조그만, 한 0.5밀리미터 정도……

윽?!"

바로 그때, 마사토는 손거울 너머로 보고 말았다. 여관의 툇마루에, 누군가가 있었다.

멋진 미소를 머금고 있는 포타와…… 뜨뜻미지근한 미소를 머금고 있는 와이즈와 메디였다.

"어, 너희들?! 어느새……?!"

"앗." 서걱.

마사토가 허둥지둥 몸을 일으킨 순간, 날카로운 소리가 들려왔다.

상당한 길이의 머리카락이, 마사토의 눈앞에서 흩날렸다.

"……아…… 어……?"

"아앗! 마사토의 앞 머리카락이 왕창 잘려 나갔네! 정말~, 갑자기 일어나면 그렇게 되는 거야!"

"방금은 완벽하게, 마사토 군의 미스네요. 애도를 표하겠어요."

"꽤 많이 잘려 나갔네……. 으음~, 그래도 나쁘진 않은걸?"

"그래요. 『엄마가 머리카락을 잘라준 느낌』이 확 나는군요."

"부모 자식 사이라서 가능한 헤어스타일이네. 잘 어울려."

"이리하여 마사토 군은 심기일전한 후, 누가 보기에도 엄마가 머리카락을 잘라준 용사로서 여행을 떠나게 되는 거군요."

"자, 가거라. 엄마가 머리카락을 잘라준 용사여!"

엄마가 머리카락을 잘라준 용사의 모험이 시작된다!

"허, 헛소리 마……. 내일도, 아니, 내 머리카락이 원상 복구될 때까지, 쭉 휴일일 줄 알아! 나는 방에서 한 걸음도 안 나올 거야! 빌어먹을~!"

마사토의 안타까운 고함이 울려 퍼졌다.

MMMMMORPG
REPORT VOL.3

모험 리포트 VOL.3

작성자 : 포타

마사토 씨의 앞 머리카락에
큰일이 나서, 제가 붙임머리
로 응급 처치를 했어요! 마사토 씨는 기뻐하며, 남은 용돈
으로 봉제 인형을 저한테 사줬어요! 정말 기뻤어요!

조사원 : 시라세 마스미

남자는 빡빡머리면 된다, 같은
20세기 발언을 하면 욕을 먹으려나요.

제4장
절도 단속원 마마코의 사건부
~어머니에게 도전하는 자~

지고 있는 석양을 등진 채, 용사 마사토는 크게 숨을 내쉬었다.

"……다들, 준비는 됐지?"

조용히 말을 건네자, 현자 와이즈가, 치유술사 메디가, 여행상인 포타가, 굳은 표정으로 고개를 끄덕였다. 마사토와 마찬가지로, 세 사람 또한 긴장감에 짓눌리고 있었다.

하지만, 분명 어떻게 될 것이다.

"마 군, 괜찮아. 이 엄마가 있잖니."

용사의 어머니인 마마코가 마사토의 옆에 서더니, 온화한 미소를 머금었다.

이 상황에서 평소와 다름없는 그 미소를 보자, 많은 용기를 얻을 수 있었다.

"그래. 마마코 씨가 있으니, 분명 괜찮을 거야."

"그 어떤 고난이 우리를 기다리고 있더라도, 마마코 씨가 있으면 분명 해낼 수 있을 거예요."

"네! 저는, 마마코 씨를 믿어요!"

이 앞에서 기다리고 있는 건 피할 수 없는 싸움, 목숨을 건

결전이다.

하지만 마마코가 있다. 순순히 마마코의 힘에 기대기로 했다.

마사토 일행은 결의를 다지며 전진하더니, 건물 앞으로 발을 들였다.

그와 동시에……!

"어서 오세요, 어서 오세요~! 싸요, 싸~! 아, 모험가 일행 여러분! 어서 오세요~!"

머리띠를 두른 아저씨가 힘차게 말을 건넸다.

마사토 일행이 온 곳은 카산 왕도에 있는 대형 식자재점이다.

지금은 해질녘. 하루를 통틀어 가장 많은 손님이 찾아오는, 이른바 피크 타임이다.

입구도 손님으로 붐볐다. 주위를 둘러보니 주부, 주부, 주부 천지였다. 그 안에는 주부 남편도 있었다.

아무튼 혼잡하기 그지없었기에, 마사토 일행은 인파에 휘말려서 시달렸다. 꼼짝도 할 수가 없었다.

"우와, 벌써 무리야! 진짜로 무리! 항복!"

"마사토는 항복 금지야! 이건 네 탓이잖아!"

"더 빨리 퀘스트를 달성했다면 더 빠른 시간대에 여유롭게 시장을 보러 올 수 있었을 거예요, 마사토 군." 빙긋.

"내가 고집을 부려가며 보스에게 쪼잔한 공격만 날려댄 것으로 모자라 결국 해치우지 못해서, 정말 죄송합니다! 엄마에게 맡겼으면 한 방에 끝이었는데, 괜히 시간이 걸리게 해서, 죄송합니다!"

"입에 발린 사과 같은 건, 때려치워~."

"성의가 느껴지지 않는군요."

"아니, 성의는 있거든?!"

고개를 숙이며 사과하고 싶어도 앞에 사람이 있어서 숙일 수가 없을 만큼, 상황은 가혹했다. 사람들의 열기 탓에 열사병에 걸릴 것만 같다.

그런 상황인데도, 마마코는 참 즐거워 보였다.

"마 군, 너무 신경 쓰지 마. 이렇게 함께 시장을 보러 와서, 엄마는 참 기뻐." 말캉말캉.

"거참 고맙네! 그리고 너무 들러붙는 거 아냐?! 좀 떨어져! 어디인지는 말 못 하겠는데, 엄마의 특정 부위가 마구 닿아 있다고!"

"유감이지만, 사람이 너무 많아서 떨어질 수가 없네. 우후후." 말캉말캉.

"큭…… 이렇게 되면, 후딱 시장을 볼 수밖에 없어! 특판 중인 고기만 사면 오케이인 거지?! 한 사람당 한 팩이잖아!"

머릿수를 확인했다. 마사토, 마마코, 와이즈, 메디. 총 네 명. 네 명이 네 팩을 사면…….

한 명이 부족하다. "……어어어엇……?!" 인파에 휩쓸린 채 필사적으로 버둥거리는 손이 눈에 들어왔다. "잠깐만?!", "포타?!" 포타가 그대로 미아가 되기 전에 와이즈와 메디가 허둥지둥 그녀를 잡아당겼다.

아무튼, 대혼잡 그 자체다.

"다 함께 움직이는 건 좀 힘들 것 같아……."

"그렇다면 우리는 적당한 곳으로 피난해서 기다리는 게 어떨까?"

"찬성이에요. 수량 제한이 있는 고기는 계산할 때만 숫자가 맞으면 괜찮을 테니까요."

"저도 찬성이에요……. 아, 하지만 마마 씨만 혼자 고생시키는 건……."

"괜찮아. 이 정도는 일상적인 일이거든. 사양 말고 맡기렴."

"이게 일상이라니, 엄마들은 대단하네……. 뭐, 좋아. 그럼 사양하지 않겠어!"

마사토는 주위를 둘러보더니, 피난 장소를 후각으로 발견했다.

시식 코너다. 시장을 보러 온 손님의 이동을 방해하지 않는 위치에, 조그마한 테이블이 놓여 있었다. 핫플레이트로 무언가를 굽고 있는 것 같은데…… 향기로 볼 때, 아마 고기일 것이다.

냄새가 정말 좋지만, 손님들은 장 보는 것을 우선하고 있기에 그 주위는 비어 있었다.

"전략적 후퇴야! 와이즈, 메디, 포타! 이상 세 명은, 나를 따라와!"

"""옛 설~!"""

마사토 일행은 군인처럼 용맹하게 "죄송해요. 죄송해요. 좀 실례할게요." 완전 저자세로, 인파를 헤치면서 목표 지점에 겨우겨우 도달했다.

시식 코너를 관리하는 중년 여성이 사람 좋은 미소를 지으며 그들을 맞이했다.

"어머, 어서 오렴. 맛 좀 볼래?"

"아, 네. 잘 먹을게요."

시식용인 한입 크기의 베이컨을 맛봤다. 맛있다! 하지만 저녁 식사를 앞둔 위장을 가득 채우기에는 양이 너무 적었다. 괜히 더 배가 고파왔다.

어쨌든 여기는 안전지대다. 사람들에게 부대끼지 않으며 서 있을 수 있는 장소에 도착한 마사토 일행은 일제히 안도의 한숨을 내쉬었다.

시식 코너의 여성은 그 모습을 보더니, 즐거운 듯이 웃었다.

"고생이 많네. 다 같이 장을 보러 왔니?"

"아, 네. 그렇기는 한데, 엄마한테 맡기기로 했어요. 이 상태에서 장을 보는 건 무리 같아서요."

"이 시간대에 장을 보는 건, 익숙한 사람이 아니면 힘들 거야. ……그런데, 너희 어머니는 어디 갔니?"

"저쪽에 있어요."

마사토가 손가락으로 가리킨 정육 코너에는…….

"다진 고기와 삼겹살을 사둘까……. 잠시 실례할게요. ……어머나, 덩어리 고기도 싸잖아……. 좀 실례할게요."

구입 목표를 조준한 순간, 몸싸움 중인 손님들 사이로 손을 쑥 내밀어서 표적을 회수했다. 그런 눈에 비치지 않는 속도로 순조롭게 장을 보는 마마코가 있었다.

마마코는 그대로 북적이는 사람들을 개의치 않는 듯이 재빠르게 생선 코너로 이동했다.

"흐음…… 저 몸놀림…… 전성기의 나와 버금갈지도 몰라……."

"네?"

"후후후. 혼잣말이란다. 신경 쓰지 말렴. ……그것보다, 네 어머니가 바로 그 오오스키 마마코 씨였구나. 장보기 테크닉도 대단한걸."

"아니, 그렇지도 않다고 생각하는데요……."

"아니, 대단한 게 맞거든? 자, 마사토. 아들로서 자랑스럽게 여겨도 돼."

"마사토 군보다 마마코 씨가 훨씬 유명해서, 분한 건 이해하지만요."

"어이, 메디? 그런 건 딱 잘라 말하지 않아도 되거든?"

"식자재점은 마마 씨가 가장 자신 있어 하는 필드예요! 마마 씨 무쌍이에요!"

"뭐, 그래……. 이런 장소는 엄마의 독무대이고, 엄마를 위한 영역이라고 해도 과언이 아닐 테니까……."

아들로서, 때로는 솔직하게 칭찬해 주자고 마사토가 생각한 바로 그때였다.

"흥. 웃기지 마……. 여기는 내 영역이야."

갑자기, 그런 목소리가 들려왔다.

나이는 스무 살 정도일까. 머플러로 입가를 가린 청년이 마사토 일행의 바로 옆을 스쳐 지나갔다.

머플러 청년은 빠른 발걸음으로 탁류 같은 인파를 누구와도 부딪치지 않으며 거슬러 올라가더니, 그대로 가게 입구를 통해 밖으로 나갔다.

"우와, 대단하네. 방금 그 사람, 뭐야?"

"마마 씨처럼, 사람을 능숙하게 피했어요! 대단해요!"

"상상을 초월하는 몸놀림이었어요……. 무슨 말을 한 것 같은데, 뭐라고 했나요?"

"아, 으음……『여기는 내 영역이야』라고 했는데……."

그 말은, 식자재점은 마마코의 영역이라고 말한 마사토에게 한 말 같았는데…….

바로 그때였다.

"손님, 죄송합니다! 급한 용건이 있는지라, 실례하겠습니다! 길을 좀 비켜주십시오! 좀 지나가겠습니다! 죄송합니다!"

청년이 지나가고 얼마 후, 이번에는 코밑에 수염을 길렀고 점원용 앞치마를 걸친 중년 남성이 손님과 부딪치면서 다급하게 다가왔다.

"아, 거기 너희들! 머플러를 걸친 청년이 여기를 지나가지 않았어?"

"지나갔어요. 엄청난 속도로 순식간에 가게 밖으로 나가던데요……."

"뭐?! ……크, 오늘도 놓친 건가……."

마사토가 알려주자, 남성을 무너지듯 주저앉으면서 고개를 푹 숙였다.

“괜찮으세요? ……대체, 무슨 일이죠?”

“공공연하게 할 말은 아닌데…… 그 사람은 상습 절도범이야!”

수염을 기른 남성은 카드 한 장을 보여줬다. 【삼겹살 한 팩, 훔쳐 감. 머플러를 걸친 청년】이라는 문장이 거기에 적혀 있었다.

“전부터 우리 가게를 표적으로 삼은 놈이야! 오늘은 반드시 잡을 생각이었는데! 빌어먹을!”

“저기, 진정하세요. 목소리가 너무 커요. 주위에 있는 손님들이 듣겠어요.”

“이렇게 되면, 이쪽도 본격적으로 상대해 주지! 경비원을 고용하겠어! 모험가 길드에 의뢰를…… 아, 유심히 보니 너희는 모험가구나!”

“어? ……아~ 뭐. 저희는 모험가 맞는데…….”

“싸게 해드릴게요.” 빙긋.

“말이 잘 통하는걸! 그럼…… 아, 혹시 장 보는 중이었어?! 그럼, 너희 용건이 끝나는 대로 가게 뒤편으로 와줘! 계약서를 준비해 놓고 기다리지!”

메디의 능구렁이 미소녀 스마일로 이야기가 정리된 것 같았다.

수염을 기른 남성은 기뻐하면서, 손님과 부딪치며 가게 안쪽으로 사라졌다.

“메디…….”

"괜찮지 않나요? 사람을 돕는 것이잖아요. 용사 일행의 사명이에요."

"흥정부터 해놓고, 사람을 돕는 일이라고 지껄이는 거야? 성격 참 끝내주네~. ……뭐, 안 하겠다는 건 아니지만 말이야."

"절도는 나쁜 짓이에요! 용서 못 해요!"

"맞아. 그러면 엄마와 합류해서 장을 다 본 후에, 가게 뒤편으로 이동하자. ……그 전에 말이야."

시식용 베이컨을 몇 개 먹어서 허기를 달래자고 생각한 마사토가 뒤를 돌아보니…….

"……어라?"

시식 코너가 홀연히 사라졌다. 담당 직원도 없었다.

구운 베이컨 냄새만이, 자리에 남아 있었다.

"어? 어라? 시식 코너가 없어졌네."

"정말이네요……. 직원분까지……."

"우리가 점원과 이야기를 나누는 사이에, 시식이 끝나서 돌아간 걸까요?!"

"바로 옆에 있던 우리가 전혀 눈치 못 채게 철수할 수 있을까? 아무 소리도 안 들렸다고."

담당 직원은 손만 뻗으면 닿을 거리에 있던 마사토 일행에게 들키지 않으며 시식 코너를 정리한 후, 이 혼잡한 가게 안의 통로에서 목격되는 일 없이 재빨리 사라졌다?

평범하게 생각해 보면, 말도 안 되는 일이지만…….

"뭐가 어떻게 된 거야. 진짜 수수께끼 그 자체네."

"맞아. 정말 불가사의한 이야기네."

"그래……. 어…… 우왓?! 엄마?! 어느새 온 거야?!"

정신을 차리고 보니, 마사토의 바로 옆에는 식재료가 산더미처럼 담긴 쇼핑 바구니를 든 마마코가 있었다. 방금까지는 이 자리에 없었는데도 말이다.

"우리 엄마도 장난 아니네……."

"즉, 아까 그 사람도 마마코 씨 레벨이라는 거야?"

"아까 그분도 쇼핑 스킬을 극한까지 갈고닦은 분이며, 특수한 이동 스킬을 쓴 걸까요……. 그런 거라면, 다소 납득이 되는군요."

"마마 씨 레벨의 행동력이라니, 대단해요! 저, 존경할래요!"

"엄마 보정일까……. 뭐, 그런 거라면…… 말이 될 것 같기는 해."

일단 마사토 일행은 그렇게 여기기로 했다.

장보기를 마친 마사토 일행은 아까 한 약속대로, 가게 뒤편으로 향했다.

칸막이로 만든 간단한 사무실로 안내된 마사토 일행을, 아까 만났던 수염 기른 중년 남성이 웃는 얼굴로 맞이해줬다.

"안녕하세요. 아까 이야기 나눴던 사람인데요……."

"아, 너희구나! 기다리고 있었어! ……어, 어라? ……저분은, 오오스키 마마코 씨?! 어, 왜 마마코 씨가 여기에……?!"

"아들은 마 군이 이 가게의 경비를 돕기로 했다기에, 가능하면 저도 같이 도울까 해서……."

"맙소사! 마마코 씨도 협력해 주시는 겁니까! 이야~ 감사합니다! 이러면 잡은 거나 다름없군요! 정말 멋져요!"

마마코는 대환영을 받았다.

"마사토, 지금 심정은 어때?"

"아르바이트 면접 자리에 엄마가 같이 왔는데, 당사자보다 먼저 바로 채용된 것 같은 느낌이야."

"한마디로 말해, 처량한 거군요."

"응. 바로 그거야."

흘러내릴 듯한 눈물을 닦은 후, 마사토는 의연하게 미소를 머금었다.

그렇게 마음을 추스른 후…….

"그럼, 일단 업무 설명을…… 아, 그 전에 간략하게 자기소개부터 해둘까. 나는 이 가게의 점장이며, 종업원에게는『수염 점장』이라고 불려."

"생긴 대로네요."

"하하하. 별명 같은 건 원래 다 그런 거잖아. 그럼, 우선 이걸 봐줘."

수염 점장은 마사토 일행에게 서류를 나눠줬다.

서류에는 약 한 달 전부터의 날짜가 적혀 있으며, 각각의 날에 한 개의 상품명이 기재되어 있었다.

또한【안경 청년】,【두건 노파】,【밀짚모자 어린이】같은 내용도 적혀 있었다.

"이건……?"

"범행 상황을 정리해둔 거야. 열받게도 상대는 항상 범행 성명이 적힌 카드를 남기니까, 뭘 도둑맞았는지 알 수 있어."

"한 달 동안, 매일, 하루도 거르지 않고 도둑질을 한 거구나……."

"시간은 정해져 있지 않지만, 매일 하나씩 꼭 훔쳐 가죠."

"이 【두건 노파】나 【밀짚모자 어린이】는 뭐야?"

"그것도 카드에 적힌 정보야. 『이런 모습으로 훔치러 갔는데, 너희는 눈치 못했지? 푸풉』이라는 도발 행위겠지. 정말 열받는 놈이라고."

"상대는 변장의 달인인 건가요……. 성별을 바꾸거나 어린이의 모습도 될 수 있다는 건, 변화 마법을 썼을 가능성이 있겠군요."

"그 외에 신경 쓰이는 점은 없나요!"

"그 외에…… 아, 그러고 보니……."

수염 점장은 고개를 살짝 갸웃거렸다.

"도둑질을 당하기 시작한 후로, 매일 같이 과부족금이 발생하기 시작했어."

"과부족금?"

"딱 도둑질을 당한 물건의 가격만큼, 매상이 더 많은 거지. ……하지만 이건 상관없는 일일 거야. 도둑놈이 몰래 물건값을 두고 갔을 리도 없잖아."

"뭐, 그렇겠죠. 그럴 거면 평범하게 사가면 될 테니까요."

"맞아. 그러니까, 제공할 수 있는 정보는 이게 다려나. ……그럼, 오늘은 이미 당했으니 내일 아침부터 경비를 부탁해. 여기에 사인해 줘."

아까 선언대로, 정식 계약서가 준비되어 있었다. 점장은 마사토 일행에게 한 장씩 나눠줬다.

"철저하네요……."

"필요한 일이니까 똑바로 해야 하지 않겠어? ……아, 맞다. 마마코 씨에게는 사인을 하나 더 부탁해도 될까요?"

"어머, 어떤 사인이야?"

"아, 별건 아니에요. 아이들은 아직 미성년자니까, 보호자의 동의서가 필요하달까요. 뭐, 그런 거로 생각해 주세요."

"그건 필요할 거야. 그런 부분은 철저히 해야 하니 말이지. ……어디에 사인을……."

"자, 여기에 해주세요."

그렇게 말한 수염 점장은 걸치고 있던 앞치마를 벗더니, 마마코의 앞에 뒀다.

"으음…… 방금 말한 사인은 설마……."

"고용주에게 이런 말을 하는 건 실례겠지만…… 야, 인마. 정신 차려."

"제발! 제발 마마코 씨의 사인을……! 제발!"

수염 점장은 무릎을 꿇고, 눈물 젖은 눈길로 쳐다보며, 진심으로 애원했다.

다음 날.

여관을 나선 마사토 일행은 그대로 대형 식자재점으로 향했다.

상품 반입으로 정신없는 가게 뒤편에 얼굴을 비추자, 마마코가 사인을 해준 앞치마를 걸친 수염 점장이 행복에 겨운 듯한 미소를 지으며 그들을 맞이했다.

"다들, 어서 와! 기다리고 있었어! 잘 부탁해!"

"저희야말로 잘 부탁해요. ……그러면 바로 경비를 시작할까 했는데, 아직 오픈 전이네요."

"그래. 영업 개시까지 아직 시간이 있으니까, 그때까지 사무실에서 기다려…… 아…… 그 전에……."

수염 점장은 마사토 일행의 옷차림을 보더니, 생각에 잠긴 듯한 반응을 보였다.

"아…… 혹시, 저희 옷차림이 문제가 되려나요?"

"좀 고민되네. 모험가 손님도 오기는 하지만, 그렇게 많지는 않으니까……."

"경우에 따라선 우리가 다른 손님에게 수상하게 여겨질지도 모르는 거야?"

"경비원을 배치해서 방범 태세를 철저히 했다는 걸 과시하는 편이 절도의 억지력이 되리라고 생각하는데요……."

"하지만 그 바람에 손님들이 장을 보기 힘들어지는 것도 좋지 않다고 생각해요!"

"그래. 그 말이 맞아. 가게 입장에서는 판단을 내리기 어렵네. ……으음, 어떻게 한다……."

"그렇다면, 변장하는 게 어떨까?"

마마코가 그런 제안을 하자, 수염 점장은 그 말을 기다렸다는 듯이 힘차게 고개를 끄덕였다.

"역시 그편이 좋겠군요. ……실은 이럴까 싶어서 미리 준비해 두긴 했어."

수염 점장은 사무실로 뛰어가더니, 점원용 앞치마를 안아 들고 돌아왔다.

마사토, 와이즈, 메디, 포타에게 앞치마를 한 장씩 나눠줬다.

"점원인 척하면서 경비를 서는 건가요. 그러면 좀 무난하겠죠."

"가게 안을 돌아보면서 겸사겸사 상품 정리 정돈이나 보충 같은 걸 도우면 부자연스럽지 않을 거야. 물론 억지로 하라고 강요하는 건 아냐." 빙긋.

"이 사람, 우리의 양심을 자극해서 인건비를 아낄 생각이네."

"저기, 마 군. 엄마는 앞치마를 못 받았는데……."

"걱정 마시길. 마마코 씨를 위한 변장용 장비도 준비해 뒀으니까요. ……바로 이겁니다!"

수염 점장은 방금 반입된, 방만한 크기의 거대 컨테이너를 가리켰다.

그 안에는 일반적인 마을 사람의 옷 말고도…… 드레스, 간호사복, 무녀복, 인형탈 등, 다양한 옷이 줄지어 놓여 있었다.

마사토가 도끼눈을 뜨며 쳐다보자, 수염 점장은 허둥지둥 고개를 돌렸다.

"어머니의 코스프레를 본 아들이 어느 정도의 대미지를 받을지, 당신은 생각해 본 적 있나요?"

"아들의 심정은…… 뭐, 내가 알 바 아니지! 하하하!"

"똑똑히 가르쳐줄까요?" 부글부글.

"뭐, 진정하라고! 응?! 마마코 씨의 다양한 코스프레를 두 눈으로 보고 싶어서 이러는 건 아냐! 마마코 씨는 유명인이잖아! 웬만한 변장으로는 바로 들통나서 소란이 일어날 거라고!"

"뭐, 그건 그럴지도 몰라. 다름 아닌 마마코 씨잖아."

"마마코 씨가 있다는 걸 알면, 절도범이 겁을 먹고 도망칠 가능성도 있죠."

"범인을 잡기 위해서라도, 마마 씨는 변장하는 편이 좋겠어요!"

여자애들은 그럴듯한 의견을 내놓으면서 "이게 좋지 않을까?", "이것도 좋네요.", "저것도 귀여워요!" 범인 체포를 떠나 즐거워 보였다.

그리고 당사자는…….

"그럼, 마 군. 엄마는 마 군이 깜짝 놀랄 만한 변장을 할게. 기대해줘. 우후후."

"부탁이니까, 제발 부탁이니까, 목적을 망각하지 말아줘……. 이렇게 부탁한다고……."

누구보다 기대에 차 있는 듯한 마마코를 보며, 마사토는 불안에 사로잡혔다.

그리고, 오픈 시간이 됐다. 경비 시작이다.

"아, 어서 오십시오! 으음…… 편안히 쇼핑을 즐겨 주십시오!"

대걸레로 바닥 청소를 하면서 가게 입구 근처를 돌아다니던 마사토는 오늘 첫 손님을 맞이했다.

중년 여성이다. 아마 주부일 것이다. 가볍게 인사를 건넨 후, 빠른 걸음으로 돌아갔다.

평범하기 그지없는 손님으로 보이지만, 혹시……?

'……아니, 아닐 거야.'

근거는 없다. 어디까지나 직감적으로 범인이 아니라고 판단한 마사토는 첫 손님을 그냥 보냈다.

이어서, 베레모를 눌러쓴 젊은 남자가 가게 안으로 들어왔다.

어제 마사토 일행의 앞을 스쳐 지나간 청년과 비슷한 또래지만, 얼굴 생김새가 명백하게 달랐다.

하지만 상대는 변장의 달인 같았다. 어쩌면……?

'가능성은 있어. 하지만, 아닐지도 몰라. ……그래도…….'

일단은 청소하는 척하면서, 마사토는 그 남자를 미행했다.

베레모 남성은 안절부절못하듯 주위를 둘러보고 있었다. 좀 수상했다.

'혹시 범인일까? ……일단, 말을 건네볼까……?'

만약 범인이라면 어떻게 될까? 물론 저항할 것이다. 전투가 벌어질까.

현재 마사토는 검을 가지고 있지 않다. 공격력이 약한 대걸레로 맞서 싸울 수밖에 없다.

방어구는 점원용 앞치마뿐이다. 날붙이에 찔린다면, 한 방에 죽을 가능성도 있다.

'크……. 목숨을 걸어야 하는 거냐고…….'

베레모 남성은 마사토가 자기를 미행하고 있다는 것을 눈치채지 못했다. 선수를 쳐야 할까.

등 뒤에서 대걸레를 휘둘러 선제공격한다면, 재빨리 제압할 수 있을 것이다……. 대걸레 자루를 움켜쥐며, 기회를 엿보고……!

바로 그때, 마사토의 정수리에 배추가 꽂혔다. 심 부분은 딱딱해서 꽤 아팠다.

"우왓?! ……뭐, 뭐야?! 거동 수상자의 공격이냐?!"

"무슨 소리야. 거동 수상자는 바로 너거든?"

배추 어택을 날린 이는 바로 와이즈였다. 점원으로 분장하고 채소 진열을 돕고 있었다.

"너무 지나치게 경계하는 거 아냐? 좀 자연스럽게 행동하란 말이야."

"으, 응. 미안해. 몸이 힘이 너무 들어갔네."

"그리고 가게 입구만 청소하지 좀 마. 가게 안을 꼼꼼히 돌아다니란 말이야. 입구는 내가 살피고 있을게. ……아, 어서 오세요~!"

차례차례 방문하는 손님에게, 와이즈는 붙임성 좋게 인사를 건넸다.

그와 동시에 상품 진열로 재빠르게 하고 있었다. 마치 진짜 점원인 듯한 매끄러운 움직임이다.

"……너, 왠지 이런 일에 익숙해 보인다?"

"뭐, 슈퍼마켓에서 아르바이트한 적 있거든."

"아, 그렇구나. ……흐음……."

아르바이트 경험이 없는 마사토는 왠지 진 것 같은 느낌을 받으면서 순순히 물러날 수밖에 없었다.

채소 코너를 벗어난 마사토는 정육과 생선 코너를 지나서 반찬 코너로 향했다. 그렇게 식재자잼의 메인 루트를 걸레질하면서 이동했다.

아직 상품이 다 진열되지 않은 반찬 코너에서, 아까 본 베레모 남성을 발견했다.

"저기, 실례합니다. 조미료 코너는 어디 있죠?"

"조미료라면 가게 중앙에 선반이 줄지어 있는 구역에 있어요. 선반 위에 안내 간판이 표시되어 있으니, 그것을 보고 정확한 장소를 찾아주세요."

"선반 위의 간판…… 아~ 뭐가 있는지 적혀 있네요. 알았어요. 감사합니다."

안내를 해준 사람은 바로 메디였다.

베레모 남성이 다른 곳으로 향한 후, 마사토는 머뭇머뭇 메디에게 다가갔다.

"메디도 이런 일에 익숙해 보여. 혹시 경험자야?"

"이런 아르바이트는 해본 적 없는데요? 그냥 평범하게, 질문에 대답했을 뿐이에요."

"아, 그렇구나……. 평범하게 응대하다니, 대단한걸……."

"간단해요. 평소처럼 할 수 있는 일을 했을 뿐이니까요. 마사토 군이 너무 어렵게 생각하는 거예요. 좀 릴렉스하세요. ……자, 저는 시식 코너 준비를……."

"잠깐만, 멈춰!"

메디에게 요리를 시키면 안 된다! 물체X가 생산되면, 사망자가 발생할 것이다!

마사토가 전력으로 그녀를 말리려 하자, 메디는 미소녀 스마일을 머금으면서 새끼발가락을 정확하게 자근자근 밟아댔다. 어마어마하게 아프다.

"저는 어디까지나, 장소 세팅을 할 뿐이에요. 실제 요리는 요리 담당이신 분에게 맡길 거니까, 걱정할 필요 없어요." 꽈악꽈악.

"아, 그렇구나. 휴우. 그거 다행이야. 그리고 아파요. 잘못했어요. 용서해 주세요."

"진심으로 안심하는 걸 보니 더 화가 나네요. ……그건 그렇고, 좀 신경 쓰이는 점이 있어요." 꽈악꽈악.

"신경 쓰이는 점?"

마사토의 발을 여전히 힘껏 밟아대면서, 메디는 고개를 갸웃거렸다.

"점원분의 이야기에 따르면, 이 가게에서는 반찬 코너에서만 시식을 하나 봐요. 다른 코너에서는 이제까지 단 한 번도, 시식 행사를 한 적이 없대요."

"뭐? ……하지만 어제 정육 코너에서 했었잖아. 어느새 사라졌지만 말이지.”

“네, 그래요. 실제로 정육 코너에서의 시식 행사에 관한 감사 인사를 손님에게서 받기도 했나 봐요. ……하지만, 이 가게에서는 단 한 번도 그런 걸 한 적이 없다더군요.”

“그럼…… 대체 어떻게 된 거지?”

“글쎄요…….”

모르겠다. 메디를 따라 마사토도 고개를 갸웃거린 바로 그때였다.

가게 중앙의 선반이 줄지어 있는 구역에서 쨍그랑! 하고 뭔가가 깨지는 소리가 들려왔다.

“뭔가 일이 터졌나 보네! 내가 가볼게!”

이번에야말로 마사토가 나설 때다. 대걸레 청소 레이스를 하면서, 전속력으로 사건 현장을 향했다.

현장을 찾기 위해 좌우의 통로를 살펴보면서 나아가다 보니…… 발견했다. 음료 코너였다. 바닥에는 깨진 병 파편이 흩뿌려져 있었고, 감귤 냄새를 풍기는 주스가 웅덩이를 만들고 있었다.

매우 당황한 것처럼 보이는 나이 지긋한 여성과, 작디작은 점원이 눈에 들어왔다.

“미안해! 일부러 그런게 아니란다!”

“알고 있어요! 제가 청소할게요! 맡겨만 주세요!”

“어이쿠, 선수를 빼앗겼는걸.”

포타가 이미 대응하고 있었다. 빗자루와 쓰레받기로 깨진 병 파편을 회수하고 있었다.

마사토도 가세했다.

"포타, 수고 많아…… 아니지…… 손님, 괜찮으세요? 다치신 데는……."

"다친 데는 없어! 그것보다, 정말 미안해! 바구니가 부딪쳤던 것 같아! 일부러 떨어뜨린 건 아니란다!"

"아, 으음, 네. 부디 진정하세요. 괜찮으니까…… 그리고, 으음…… 변상은……."

"뭐어?! 일부러 깬 것도 아닌데, 변상해야만 하는 거야?!"

"윽……. 그, 그건……."

어떻게 해야 할까. 여성 손님이 따진 탓에 마사토가 당황한 순간…….

포타가 앞으로 나서며 입을 열었다.

"사고일 경우에는 돈을 내지 않아도 돼요! 점장님이 그렇게 말했어요!"

"어머, 그렇구나! 하긴, 사고니까 말이야! 그럼 실례할게!"

여성 손님은 진심으로 안도하며, 즉시 이 자리를 벗어났다.

병 파편을 전부 회수하고, 주스를 대걸레로 닦아서 청소도 완료했다.

"포타, 굿잡. 적절한 응대였어."

"네! 해냈어요!"

"하지만…… 나는 못난 자기 자신에게 무지 실망 중이야……." 추욱~.

"확실히 마사토 군의 응대는 아쉬웠어요. 감점 대상이에요."

"함부로 『변상』이라는 말을 입에 담으면 안 돼. 마사토, 실격~."

"지적을 하러 이렇게 오시게 하여 무척 송구합니다……. 그리고……."

와이즈와 메디만이 아니다. 주위를 둘러보니, 수염 점장을 비롯해 다른 점원도 이곳에 와서 상황을 살피고 있었다.

다들 자신을 비난하는 듯한 느낌이 들었기에, 마사토는 자기 자신이 한심하고 부끄러웠…….

'……어? 어라? 잠깐만 있어봐.'

가게 안에 있는 모든 점원이 시선이, 이곳에 쏠려 있다.

"이 진열대는 뭐야. 상품이 제대로 놓여 있지 않잖아. 너무하네~."

"저쪽 병도, 이쪽 병도, 주둥이 부분이 선반에서 쑥 튀어나와 있네요."

"바구니가 걸려도 이상하지 않은 상태예요! 제가 전부 똑바로 해놓을게요!"

병이 선반에서 튀어나와 있어서, 누군가가 걸려서 병을 깨더라도 이상하지 않을 음료 코너.

그 순간, 마사토는 이해했다.

"큰일 났다! 이건 병 깨지는 소리로 점원들의 시선을 이곳에 모으기 위한 함정이야!"

그 말을 들은 와이즈 일행과 수염 점장들이 상황을 파악하더니, 허둥지둥 행동을 개시했다.

아마 절도범은 이 순간에 범행을 저지를 것이다.

수염 점장을 비롯한 점원들은 각자의 자리로 돌아가서, 수상한 자가 없는지 살피고 있다. 가게 안의 감시는 그들에게 맡기기로 했다.

“우리는 도주로를 차단하자! 몇 개나 있지?!”

“입구와 출구, 일단 이 두 개야.”

“점원용 출입구로 나갈 가능성도 있어요! 반찬 코너에 하나! 그리고 정육과 생선 코너 사이에 하나 더…….”

“채소 코너에도 있어요! 전부 다섯 군데예요!”

“우리는 네 사람…… 한 명 더 있어야 하는데…… 엄마 본 사람은 없어?!”

“옷 갈아입고 오겠다고 했는데, 그 후로 못 봤어!”

“쳇! 뭐하는 거야!”

일단 네 명이 흩어져서 도주 경로를 막을 수밖에 없다. 누구를 어디에 배치할까.

마사토가 지시를 내리려던 바로 그 순간…….

“손님이 찾으시는 물건은 그거구나. 평소보다 더 싸니까, 지금 사면 이득이야.”

이 상황에서, 평소와 다름없이 평온하기 그지없는 마마코의 목소리가 들려왔다.

바로 옆 선반 쪽이었다.

"아, 왔구나! ……이봐, 엄마!"

마사토가 서둘러 그곳으로 가보니, 마마코가 있었다.

정체불명의 수녀로 분장한 마마코가 밀가루 포대를 향해 손을 뻗는 베레모 남성에게 빙긋 미소 짓고 있었다.

정체불명의 수녀, 마마코다. 정신적으로 노 가드 상태에서 그 모습을 보고 만 마사토는 머리가 지끈거려서 죽을 것만 같았다.

"……이봐…… 하필이면 그 옷을 고른 거냐……."

"어머, 마 군. 이 변장은 어때? 전부터 한번 입어보고 싶었거든. 그래서 과감하게 골라봤다는 걸 알려~줄게. 우후후."

"알려~주지 않아도 돼! 그딴 소리를 할 때가 아니라……!"

바로 그때였다.

"저기, 실례지만 급한 볼일이 생각나서 돌아가 봐야겠어요. 지나가도 될까요?"

"어, 아앗, 네! 소란을 피워 죄송합니다! 지나가세요!"

마마코와 마사토 사이에 있던 베레모 남성이 밀가루 포대를 안아 들고 고개를 숙인 채로 돌아갔다.

마사토가 별생각 없이 쳐다보니, 베레모 남성은 계산대로 향해서 돈을 낸 후에 출구로 나갔다.

"저기, 마 군. 저 사람은 돈을 냈으니까 손님 맞지?"

"그래. 적어도, 저 사람은 손님이야. ……하지만, 가게 안에 절도범이 있는 건 틀림없어! 옷 갈아입히고 싶지만, 지금은 그럴 시간이 없거든! 엄마도 경비에 참가해!"

"어머나. 그럼, 이 엄마도 일할게."

마사토 일행은 각각 도주 경로를 막기 위해 흩어졌다.

그즈음, 대형 식자재점의 뒷골목에서는…….

"젠장……. 완벽한 타이밍이었는데, 어째서 들킨 거지……."

베레모 남성이 밀가루 포대를 내던지더니, 품속에서 카드 한 장을 꺼냈다.

【밀가루 한 포대 훔쳐 감. 베레모 쓴 청년.】

그 범행 성명문은 아직 달성하지 못했다.

카드를 찢어버린 베레모 남성은 이를 갈았다.

"그 사람이 오오스키 마마코인가. 소문대로, 평범한 어머니가 아닌 것 같군. 성가신 상대야. ……하지만, 오히려 잘 됐어. 내 실력을 시험해 보기에 안성맞춤인 상대야."

베레모 남성은 악질적인 미소를 머금으며 그늘에 몸을 숨겼다.

시간이 흘러서, 정오 직전이 됐다.

근로기준법에 따라 잠시 휴식을 취한 마사토 일행은 다시 매장에 투입됐다.

"결국 아무도 못 잡기는 했지만, 절도는 막았다고 생각해도 되겠지?"

"그렇지 않을까? 범행 성명은 안 나왔잖아."

"독자적인 미학을 가진 것 같으니까요. 흔적이 남겨져 있지 않은 것을 보면, 실패로 끝난 거겠죠. ……하지만, 또 나타나리라고 생각해요."

"하루 한 번, 꼭 훔치는 것 같으니까요! 아직 주의가 필요해요!"

"맞아. 그러니까……."

마사토는 앞치마 끈을 다시 묶으면서 마음을 다잡았다.

아까 소동 때는 인원이 부족해서 약간 당황했지만, 이번에는 괜찮다.

마사토 일행 네 명만이 아니라, 마마코도 있는 것이다.

"열심히 경비를 서자. 나쁜 짓을 하면, 이 엄마가 체포해 버릴 거야." 삐익~!

미니스커트 아래로 타이츠에 감싸인 다리가 쭉 뻗어있는, 여성 경찰관으로 분장한 마마코다.

"이제 그냥 코스프레네……. 이렇게 될 것 같은 예감이 들긴 했어……. 하아……."

"어머, 마 군. 한숨을 쉬는 걸 보니 피곤한가 보네. 기운 내." 삐잇~!

"누구보다도 나를 피곤하게 만드는 사람은 바로 엄마야. 그것보다, 시끄럽거든? 호루라기 좀 그만 불어."

"어머, 미안해." ……삐…….

"그러니까……!"

마마코는 아무래도 호루라기가 마음에 든 것 같았다. 아무

TION KEEP OUT
UTION KEEP
TION KEEP OUT
TION KEEP OUT

튼…….

경비를 재개했다.

가게 안의 손님은 아침때보다 많았다. 점심 전이라 그런지 도시락이 놓여 있는 반찬 코너 주변이 혼잡했다.

"점장님이 정리해 준 리스트에 따르면, 이 시간대에는 도시락을 도둑맞을 때가 많나 보네."

"다른 장소는 손님의 눈길이 있으니 훔치기 어려운 거겠죠. 저희는 반찬 코너에 집중하면 될 것 같아요."

"좋아. 혼잡한 틈에 도둑맞지 않도록, 특별 경계를…… 하고 싶지만……."

반찬 코너에 가보니…….

현장에는 남자밖에 없었다.

"어이, 밀지 마! 이 자식, 확 날려버린다!"

"방해 말라고! 죽고 싶냐!"

"그건 내 불고기 도시락이야, 짜샤! 아앙?! 한 판 뜰까?!"

근육질의 육체노동자들이 몸싸움을 펼치며 도시락 쟁탈전을 벌이고 있었다. 마치 폭동이 일어난 것 같았다. 반찬 코너만이 아니라, 가게 전체가 박살 날 것 같았다.

마사토 일행의 얼굴이 새파랗게 질렸다.

"으음…… 저기에 휘말렸다간, 골로 갈 것 같은걸……."

"그래도 경비를 서야 해요! 제가 저 사이에 끼어들어서 감시할게요!"

"기다려, 포타! 그건 위험해! 찌부러지고 말 거야!"

"일단 주위를 감시하죠! 그 방법밖에 없어요!"

말은 그렇게 했지만, 저 근육의 벽 탓에 밖에서는 내부 상황을 알 수 없었다.

'젠장! 이건 절호의 도둑질 찬스잖아!'

어쩌면 이 순간, 저 남자 축제에 숨어든 절도범이 옷 속에 도시락을 몰래 집어넣고 있을 가능성도 있다. 마사토는 안절부절 못 했다…….

바로 그때, 호루라기 소리가 울려 퍼졌다.

"자, 다투면 안 돼. 다들 착한 아이니까, 차례대로 도시락을 고르렴." 삐삣~!

"우리 엄마, 대체 뭐 하는 거야."

엄마 미니스커트 폴리스의 출동이다. 삐삐~ 삐삐삣~ 하고 리드미컬하게 호루라기를 불면서, 반찬 코너 앞의 교통 정리를 시작했다.

하지만 남자들은 허기 탓에 신경이 곤두서 있다! 저런다고 순순히 따를 리가……!

"우와, 말도 안 돼! 마마코 씨잖아!"

"이 자식들아, 줄 서! 착하게 줄 서면 좋은 일이 있을 거라고!"

"우후후. 그럼, 이 엄마 순경이 도시락을 나눠주도록 할까. 채소도 같이 먹으렴."

""""넵~!""""

건장한 남자들이 착한 아이가 되어서 한 줄로 섰다. 엄마 미니스커트 폴리스의, 도시락 전달 행사가 시작됐다.

“그렇게 혼잡하더니, 순식간에 정리됐네.”

“역시 마마코 씨예요. ……그럼 마사토 군도 가보세요.”

“나는 절대 줄 안 서. 뭐가 슬퍼서 경찰 코스프레를 한 엄마한테 밥을 받을…… 어?”

마사토는 우연히, 목격했다.

온몸에 상처투성이인 험상궂은 여자가 줄에 서서 슬쩍 손을 뻗어서 채소 팩을 쥐려 했지만…… 다음 순간, 마마코는 그 채소 팩을 손에 쥐고 다른 손님에게 건네줬다.

결국, 상처투성이인 여자는 아무것도 손에 쥐지 못했는데……?

마사토는 잠시 생각에 잠긴 후, 그 문제의 여성에게 말을 건넸다.

“저기, 실례합니다. 방금, 뭘…….”

“어?! 아, 그게, 실은…… 나쁜 짓을 하면 엄마 순경에게 체포당해서 벌을 받을 수 있겠다~ 싶어서요! 잠깐 정신이 나갔었나 봐요!”

“아~ 네. 그런 취향이신 거군요. 알겠어요.”

특수한 취미 및 취향의 소유자 같았다. 괜히 얽히지 않는 편이 좋을 것이다.

그렇게 물러난 마사토가 계속 살펴보니, 그 상처투성이인 여성은 마마코한테서 도시락을 넘겨받은 후에 제대로 계산을 마치고 가게에서 나갔다.

“저기, 마사토. 너, 혹시 저런 사람이 취향이야?”

“바보 같은 소리 마~. 좀 수상하다 싶었던 것뿐인데……

뭐, 기분 탓이었던 것 같아."

마사토는 마음을 다잡고 다시 일에 집중했다. 반찬 코너는 마마코에게 맡기기로 한 마사토 일행은 다른 장소를 경비하기 위해 흩어졌다.

"……젠장! 또냐!"

상처 투성이인 여성은 뒷골목으로 뛰어가더니, 범행 성명이 적힌 카드를 찢었다. 【채소 팩 한 개 훔쳐 감】이라는 문장이 조각나더니, 허공에 흩뿌려졌다.

"아들 쪽도 감이 좋은 것 같은데, 역시 문제는 오오스키 마마코야! 이렇게 되면, 전력을 다할 수밖에 없어! 성공률 100퍼센트의 비책으로, 다음에야말로…… 크크큭!"

상처투성이인 여성은 도시락과 채소 팩을 순식간에 먹어 치운 후, 음흉한 웃음을 흘렸다.

그렇게 시간이 흐르면서, 저녁때가 됐다. 공포의 피크 타임이다.

마사토 일행을 살펴보러 온 수염 점장이 걱정으로 가득 찬 목소리로 말했다.

"괜찮으려나……. 미성년자한테 너무 오랫동안 일을 시키면, 법률적으로 문제가 되는데……."

"그런 걸 걱정하는 거예요? 뭐, 중요하긴 하니까요. ……아무튼, 맡겨만 주세요. 이렇게 되면 일을 떠나서, 우리의 자존심을 걸고 꼭 잡고 말겠어요."

"알았어. 그러면, 그 호의에 따르…… 아아아앗?!"

"왜, 왜 그래요?! 설마 범인이 온 거예요?!"

"내 소중한 앞치마에 얼룩이이이이이잇! 어느새애애애앳?!"

"가게 안쪽으로 가서 얼룩이나 지워요. 방해된다고요."

마마코의 사인이 된 앞치마를 안아 든 수염 점장은 울먹이며 사라졌다.

마사토 일행은 마음을 다잡으며, 경비에 임했다.

어제와 마찬가지로 가게 안은 혼잡하기 그지없었다. 자유롭게 움직일 수도 없는 상황이기에, 마사토 일행은 출입구를 하나씩 맡은 후에 계산대를 지나지 않고 나가려 하는 사람에게 말을 거는 작전을 실행하고 있었다.

가게 입구에는 와이즈. 채소 코너의 출입구에는 포타. 반찬 코너에 메디. 그리고 마사토는 정육과 생선 코너 사이의 출입구를 맡았다.

이 혼잡한 가게 안을 자유자재로 돌아다닐 수 있는 마마코는 유격부대로서 가게 안을 순찰하고 있었다.

메인 통로를 천천히 이동하고 있는 사람들 사이에 섞여, 숨어서…….

"우후후. 마 군. 엄마야. 알아보겠니?"

"알아보고 싶지 않아."

마스크와 선글라스와 차이나 드레스를 걸친 사람이 마사토의 앞을 지나쳤지만, 못 본 척하기로 했다.

바로 그때였다.

"……어? 좋은 냄새가 나네."

구운 베이컨 냄새였다. 그 냄새는 정육 코너 구석에서 풍겨오고 있었다.

어느새 시식 코너가 설치되어 있었고, 중년 여성이 손님에게 시식용 음식을 나눠주고 있었다.

'어제와 같은 사람인걸……. 흠……'

위화감을 느낀 마사토는 인파를 어찌어찌 헤치면서 그 문제의 여성에게 다가갔다.

"안녕하세요. 수고 많으세요. 어제도 만났었죠?"

"그래. 또 보는구나. ……그럼, 하나……."

"아뇨, 그 전에 물어볼 게 있어요. 이 가게에서는 반찬 코너 이외의 장소에는 시식 행사를 하지 않는다던데요……."

"맞아. 이건 점원이 아닌 내가 멋대로 하는 거야."

"……어제, 당신을 만난 직후에 절도범을 봤어요."

"어머, 눈치가 좋네. 맞아. 전혀 관계가 없는 건 아냐. 예를 들자면, 점원과 손님의 주의를 끌기 위해서 내가 이러고 있을 가능성도 있긴 하겠네."

여성은 전혀 동요하지 않으며 빙긋 미소 짓더니, 공범의 자백으로 받아들일 수 있는 발언을 했다.

꽤 대담한 사람이다. 확실히 만만치 않은 상대다.

하지만, 할 수밖에 없다. 절도범과 관련이 있으니 신병을 확보해야 한다.

"죄송하지만, 안쪽으로 와주시겠어요? 거기서 자세한 이야기를……."

"앗! 저기에 수상한 사람이 있어!"

"어?"

마사토, 그리고 주위의 손님은 여성이 가리킨 방향을 반사적으로 쳐다봤고…….

"마~ 군~. 엄마는, 여기 있다고~."

학생용 와이셔츠와 바지를 착용해서 남학생으로 변장한 마마코가 기쁜 듯이 손을 흔들고 있었다.

"뭐야, 그냥 수상한 엄마잖아. ……앗, 잠깐만 있어봐! 어느새 갈아입은 거야?! 그리고 그건 내 옷 아냐?! ……아, 지금은 이럴 때가 아니지!"

마사토가 허둥지둥 뒤를 돌아보니 시식 코너가 사라졌다. 여성 또한 없었다.

도망친 것이다.

"젠장! 그 사람은 대체 뭐야! ……아무튼, 경비를 더 강화해야 해!"

할 수 있는 일은 한정되어 있다. 마사토는 서둘러 담당 장소로 돌아간 후, 주위를 빈틈없이 살폈다.

반드시 잡고 말겠다. 그렇게 마음을 굳게 먹으며 감시를 계속했고…….

그러는 사이, 피크 타임이 지나면서 폐점 시간을 맞이했다.

폐점 후, 마사토 일행과 점원이 흩어져서 가게 안을 꼼꼼히 조사해 보니…….

"범행 성명은 못 찾았어."

"그렇다면, 아무것도 도둑맞지 않은 걸까요!"

"절도범이 자기 방침을 고수하고 있다, 그렇다고 봐도 되겠죠."

범행 저지. 마사토 일행은 경비 임무를 달성했다. 만세!

……그렇게 말하고 싶지만, 범인을 잡지 못했으니 진정으로 해결했다고 보기는 어렵다.

"상대는 도둑질을 못 했어. 우리는 절도범을 못 잡았지. 오늘은 무승부라고 봐야 하려나. ……일단, 상대가 한 명이 아닐 가능성이 있다는 것을 알았잖아. 작전을 다시 짜서, 내일도 경비를 서자."

"그래. 잘 부탁해. 그러면 오늘치 일당을 준비할 테니까, 여기서 기다려주겠어?"

"당일 지급인가요. 기쁘네요. 점장님이 참 멋진 사람이란 생각이 들기 시작했어요."

"하하하. 그렇게 많이는 못 주지만 말이지. 그럼 가게 안쪽으로…… 아, 겸사겸사 상품 몇 개를 창고에 옮겨야겠는걸."

수염 점장은 팔다 남은 고기와 생선 팩을 잔뜩 안아 들더니, 출입구 쪽으로 향했…….

바로 그때였다.

"어머나. 물건을 가져가려면 돈을 내야지."

평소 복장으로 갈아입은 마마코가 수염 점장의 앞치마 끝자락을 움켜잡으며 못 가게 막았다.

"으음, 마마코 씨? 저는 상품을 치우려는 것뿐인데요……."

"이건 내 감인데, 그렇지 않은 것 같아. 뭔가 이상한 느낌이 들어. 그러니, 안 돼."

"엄마. 점장님은 업무 일환으로…… 어라?"

마사토는 수염 점장의 앞치마를 쳐다봤다.

새것처럼 깨끗한 앞치마였다. 얼룩도 없고, 마마코의 사인도 없다.

"……점장님. 얼룩, 잘 지웠나 보네요."

"뭐? 얼룩? 무슨 소리……."

"얼룩 안 지워졌어어어어엇! 좀 옅어지긴 했는데, 아직 얼룩이이이이이잇! 누가 좀 도와줘어어어엇!"

바로 그때, 또 한 명의 수염 점장이 울먹이면서 출입구를 통해 뛰어 들어왔다.

그 점장이 손에 쥔 것은 마마코가 사인을 한 앞치마였다.

"큭! 큰일 났다!"

"자, 아웃! 엄마의 감이 딩동댕! 네가 절도범이냐! 신병 확보!"

가짜 점장은 마마코의 손을 뿌리치더니 고기와 생선 팩을 내던지며 도망치려 했다.

하지만 그렇게는 안 된다. 마사토는 과감하게 몸을 날려서 잡으려고……!

"여기까지인 것 같네."

그 순간, 신출귀몰하게 시식 코너를 운영하던 여성이 천장 근처에서 홀연히 모습을 보이더니 가짜 점장을 옆구리에 낀 후에 다시 점프했다.

그녀는 천장에 두 발을 대며 거꾸로 섰다.

"어?! 저 사람, 대체 뭐야? 닌자, 여자 닌자?!"

"역시 공범이었구나! 이렇게 되면 둘 다 체포해 주겠어!"

"기다려. 내 이야기 좀 들어봐. 이야기하게 해준다면, 점장님의 앞치마 얼룩을 지워주겠어."

"헛소리 마. 그딴 어처구니없는 교환 조건을 받아들이는 사람이……."

"얼룩을 지워줘?! 여여여, 여러분! 일단 이야기를 들어보죠!"

수염 점장이 진심 그 자체인 표정으로 다른 이들을 말렸다.

어쩔 수 없이 마사토 일행이 경계심을 약간 누그러뜨리자, 여성은 고개를 살짝 끄덕인 후에 이야기를 시작했다.

"우리 아들이 폐를 끼쳐서 정말 미안해. 엄마인 내가 대신 진심으로 사과할게. ……자, 너도 사과하렴."

"크…… 자, 잘못했습니다……."

"이 일은 전부 내 탓이야. ……나는 원래 이쪽 업계에서 이름을 조금 날린 도적이었어. 그런 나를 동경해서, 이 애도 도적이 되려고…….”

“다음에야말로, 반드시 훔치고 말겠어! 나는 엄마 같은 대단한 도적이 될 거란 말이야!”

“그러니까, 될 필요 없다고 몇 번이나 말했잖니.”

“으극?!”

전직 도적인 어머니가 가짜 점장의 등을 찰싹 소리 나게 때렸다. 가짜 점장은 그대로 연기에 감싸이더니, 마사토보다 약간 어려 보이는 소년으로 변화했다. 저것이 원래 모습 같았다.

“이 애는 도적으로서의 실력을 기르려고 이 가게의 물건을 계속 훔쳤어. 부모로서 말려야 하겠지만…… 자기를 동경하는 자식을 보니, 기뻤다니깐……. 그래서 어리광을 받아주다 보니, 일이 이렇게…….”

“부모로서 아무리 기뻐도, 범죄는 범죄예요. 저는 그러면 안 된다고 생각해요.”

“마사토 군의 말이 옳아 가게에 숨어 있다가 이 애가 훔친 물건의 돈을 두고 가긴 했지만, 결국 자기만족에 지나지 않겠지.”

“그러고 보니 매일, 과부족금이 나왔다고…… 그렇게 된 거군요.”

“가게에 폐를 끼치고 싶지 않았어. 그 외에도 사과의 의미로, 자비로 시식 코너도 운영했고…… 아, 잊기 전에 약속을 지킬게.”

전직 도적인 어머니는 손가락으로 뭔가를 부르는 듯한 시늉을 했다.

그러자, 수염 점장의 앞치마에 묻어 있던 얼룩이 떠오르더니, 전직 도적 어머니의 손아귀에 들어갔다.

“우와…… 방금 그건 뭐예요?”

“도적의 상급 스킬이란다. 그 어떤 것이라도, 손가락 하나로 훔칠 수 있어. ……하지만, 이것도 결국은 자기만족이야. 무심코 이 아이를 구했지만, 용서받을 수 없는 짓을 했으니까…….”

“아뇨, 용서하겠습니다! 용서하고 말고요!”

““어?””

수염 점장은 눈물을 줄줄 흘리면서 무죄 판결을 내렸다.

“점장님. 용서해 줘도 되겠어요?”

“소란이 벌어지긴 했지만, 가게에 금전적인 피해는 없어! 그뿐만 아니라, 저 모자지간의 정에, 나는 감동했거든! 그러니 됐어!”

“본심은 뭔데요?”

“마마코 씨가 사인 해준 앞치마를 깨끗하게 해줘서, 정말 고마워어어어어엇!”

“아, 네. 그런 건가요. ……들었죠?”

“하, 하지만…… 정말, 괜찮을까…….”

당혹스러워하는 전직 도적 어머니가 마마코를 힐끔 쳐다봤다.

마마코는 온화한 미소를 머금고 있었다.

“도둑질은 나빠. 하지만 가게에 피해가 없었고, 책임자인 점장이 용서했으니 됐다고 생각해. ……이다음부터는 당신들 모자지간에게 달려 있겠네.”

"그렇다면, 점장님의 호의를 받아들이겠어. 아이의 교육방침은…… 그래……. 엄마 해결사에 의뢰해 볼까?"

"환영할게. 온 힘을 다해, 실컷, 자식 이야기를 즐겁게 나누자."

"그리고 내가 최대 피해자가 되는 거구나. 제발 관둬 주세요."

"후후후, 기대되는걸. ……그럼, 다음에 보는 날을 고대할게."

도적 모자지간의 모습이 뿌옇게 변하면서 점점 흐릿해지더니, 그대로 사라졌다.

"우왓! 사라졌어요!"

"저 사람, 『이름을 조금 날린 도적』 수준이 아닌 것 같잖아."

"전설급의 도적일 가능성도 있을 것 같은데…… 아무튼, 이것으로 해결됐군요."

"그래. 다들, 잘했어. 업무 달성이야."

"일이 끝났으면 인사로 마무리해야겠지. ……그럼 다들, 수고……."

"또 방문해 주시는 날을, 진심으로 기다리고 있겠습니다아아아아아아앗!"

마사토의 마무리 인사는 수염 점장의 오열 섞인 고함에 가려지고 말았다.

MMMMMORPG
REPORT VOL.4

모험 리포트 VOL.4

작성자 : 와이즈

사건이 벌어진 날의 일인데 말이야. 내가 채소를 진열하고 있으니까, 다른 아르바이트 직원 분이 와서 "어머, 참 잘하네.", "장래가 기대되는 아이야." 하면서 엄청 나게 칭찬해 줬어. 나는 역시 능력자라니까. 흐흥.

조사원 : 시라세 마스미

멋진 일자리라고 생각합니다.
지금까지 수고 많으셨습니다.

제5장
실록?
어느 부모 자식과 동료의 모험 다큐멘터리

현실 세계의 일본. 도쿄 모처의 오피스.

내각부 정책 통괄관(공생 사회 정책 담당) 위탁 조사원, 시라세 마스미는 책상에 놓인 서류를 지그시 쳐다보며 고민에 빠져 있었다.

"으음, 어떻게 하죠……."

그 서류는 선전 관련 기획서다.

선전 대상은 일본 정부가 운영하며 정식 서비스화를 위해 클로즈드 베타 테스트가 진행 중인 온라인 게임 『MMMMMORPG(가제)』다.

정체불명의 기술로 플레이어를 풀다이브시켜서, 검과 마법의 RPG 세계를 마음껏 즐기게 해주는 게임이다.

시라세가 운영 측의 일원으로 참여하고 있는 이 게임을 어떻게 하면 전 세계에 알릴 수 있을까. 그 의견을 요구하고 있는 것이다.

"이런 것은 홍보과의 일이라고 생각합니다만…… 저한테 의뢰가 왔다는 것은, 그 모자지간을 이 일에 끌어들이고 싶다는 거겠죠. 알겠습니다. 그렇게 하죠. 후후후."

이것은 어디까지나 유추이며, 당사자와 사전에 상의하거나 협력 요청을 받지는 않았다.

그래도 딱히 문제는 없을 것이다.

시라세는 볼펜을 손에 쥐고 경쾌하게 펜을 놀리면서 그 기획서의 신청서에 내용을 써넣었다.

"본 게임은 부모 자식 2인 1조로의 참가가 필수 조건. 부모가 동반한다는 점을 명확하게 알릴 필요가 있겠죠. 저답게 말입니다."

그렇다면, 참가자는 우선 부모 자식 한 조다.

고등학생 아들이 됐다는 게 믿기지 않을 만큼 압도적인 젊음과 아름다움을 자랑하는, 평범한 용사의 어머니인 오오스키 마마코.

그 아들인 평범한 용사, 오오스키 마사토.

"마마코 씨를 필두로 삼으면, 용사의 체면이 뭐가 되냐면서 마사토 군이 삐치려나요……. 게다가, 설명도 부족한 것 같은데……. 뭐, 괜찮겠죠. 어디까지나 서류상의 취급, 서류상의 이야기니까요. 후후후."

약간 수상한 표정을 지은 시라세가 의미심장한 웃음을 흘리면서 계속 써내려 갔다.

그 외의 출연자는 용사 모자지간의 동료들.

드물게 마법이 봉인 당하지 않았을 때만 마법을 쓸 수 있는, 활기차고 건방진 여고생 현자 와이즈.

동료들의 마음을 치유해 주는 마스코트 타입이며, 파티에서

제일가는 노력가. 열두 살의 귀여운 여자애 여행상인 포타.

정숙한 미소녀 스마일과는 다르게 몸 안에서 거무튀튀한 힘이 꿈틀거리고 있는, 순백의 암흑 힐러, 여고생 치유술사 메디.

전부 엄연한 사실이다.

"마지막으로 게임 안에는 용사 파티를 은밀히 돕고 있는 정체불명의 수녀로서 대활약하고 있는 바로 저, 시라아세의 이름도 넣으면…… 이 정도면 되려나요."

기입을 마친 시라세는 신청서를 다시 읽어본 후, 만족한 듯이 고개를 끄덕였다.

"본 게임의 매력을 세상에 널리 알리기 위해…… 그것을 위해, 부디, 이 기획에 통과되기를 빕니다. 네, 그래요. 어디까지나 선전 활동의 성공을 바라는 거죠."

그렇게 말한 시라세는 서류 마지막 페이지를 넘겼다.

선전 기획에 관한 비고란에는 사내 공모전이 개최된다는 내용이 적혀 있었다.

기획이 채용된다면, 보너스 또한 지급된다고 한다.

"아, 오해하지 마세요. 그런 게 아닙니다. 본 게임의 위대함을 알리기 위해, 용사 모자지간의 멋진 모험을 알리기 위해, 저는 이 기획을 제출하는 거예요. 후후후."

보너스가 들어온다면 유급 휴가를 받아서 딸과 함께 어디 놀러 가자, 같은 생각은 전혀 하지 않는 듯한 표정으로 시라세는 옅은 미소를 머금었다.

게임 세계에 있는 스타트 지점 중 하나, 카산 왕국.

격조 높은 새하얀 성을 나무와 흙벽으로 만든 고풍스럽고 온기가 느껴지는 건물이 둘러싸고 있다. 중세 지중해에 있던 국가들을 방불케 하는, 자연과 조화를 이룬 아름다운 경치가 펼쳐져 있다.

바람이 불면 다양한 색깔이 꽃이 흔들렸고, 선명한 색상의 푸른 잎이 흔들렸으며, 햇빛을 받은 아침 이슬이 보석처럼 빛났다.

그런 아침. 왕도 중심부에 있는 여관의 한 방.

"마 군, 아침이야. 일어나렴."

"……으음……."

처음에는 멀고 흐릿하던 목소리가, 서서히 가까워졌다.

"저기, 마 군. 마 군도 참. 아침이야."

"……아…… 응……."

바로 옆에서 달콤하면서도 상냥할 뿐만 아니라 귀에 익은 목소리가 들려오자, 마사토는 몸을 살짝 뒤척였다.

그리고 눈을 살며시 떠보니, 실내는 이미 밝았고…….

"좀처럼 일어나지를 않네. 그럼, 이 엄마가 일어날 수 있도록 마법을 걸어줘야지. 으음…… 쪽."

"아, 안 해도 돼! 패링!"

볼에 쪽~을 당하기 직전, 마사토는 그대로 옆으로 몸을 굴리면서 침대에서 굴러떨어졌다. 간발의 차이로 회피!

침대 반대편에는 즐거운 듯이 미소 짓고 있는 어머니, 마마코가 있었다.

"어머, 마 군도 참. 그렇게 부끄러워할 필요는 없잖니."

"부끄러워하는 게 아니야! 이런 식으로 깨우지 말라고, 내가 몇 번이나 말했지?!"

"어머나, 그랬어? ……하지만 어릴 적에는 참 기뻐해 줬으니까……."

"옛날은 옛날! 지금은 지금! 아들의 성장에 맞춰, 인식을 고쳐 달라고!"

"우후후, 맞아. 그러면 차츰차츰 생각해볼게."

"아니, 지금 바로 생각해 보란 말이야!"

애정이 가득 담긴 미소를 지으며 바라보는 마마코는, 사춘기 아들의 마음을 전혀 이해하지 못했다. 그러니 딱 잘라서 말해둬야만 한다.

그렇게 생각한 몸을 일으킨 마사토가 잠옷 자락을 단정하게 고친 후에 설교하려 한 바로 그때였다.

"자, 컷. 카메라, 멈춰 주세요."

"어?"

갑자기 시라아세의 목소리가 들려왔다. 마사토가 고개를 돌려보니, 수녀 복장의 시라아세가 눈에 들어왔다.

바로 창밖에 말이다.

그 옆에는 업무용 비디오카메라로 보이는 렌즈 달린 거대 고둥 같은 것을 어깨에 걸친 스태프가 있었다.

그 뒤편에는 길쭉한 장대에 달린 마이크, 흔히 『건 마이크』

라 불리는 것을 들고 있는 스태프도 있었다.

"……흐음."

일단 "꺄아~!"나 "이게 다 뭐야?!" 하며 깜짝 놀라는 리액션을 취할까도 했지만…….

언제 어디서나 태연한 표정으로 냉정하고 침착하게 헛소리를 늘어놓는 시라아세에게 지고 싶지 않은 마음에, 마사토는 냉정하게 대처하기로 마음먹었다.

"저기~. 안녕하세요, 시라아세 씨. 좋은 아침이에요. ……일단, 어떻게 창밖에 있는 거죠? 여기는 3층인데요."

"부유 마법이라 답하고 싶습니다만, 실은 외벽에 발판을 설치했습니다. 질문은 그게 다입니까? 다죠? 그러면 촬영을 재개하겠습니다."

"아니, 멋대로 끝내지 말아 주세요. 설명, 아니, 알려~달라고요. 촬영이 대체 무슨 소리죠?"

"확실히 알려~드리는 것은 저한테 있어 의무입니다만…… 주옥같은 제 입버릇을 마사토 군이 먼저 말해서 매우 불쾌하니, 이번에는 알려~드리지 않는 것으로 하겠습니다." 흥.

"아, 잠깐만요! 삐치지 마세요! 사과할게요!"

"됐습니다. 마사토 군은 빨리 침대로 가서 다시 잠이나 주무시죠."

시라아세는 마사토한테서 고개를 획 돌렸다. 아무래도 진짜로 삐친 것 같았다.

이름에서 유래된 그 말장난은 시라아세에게 있어 매우 중요한 것 같았다.

"그럼 마마코 씨. 죄송하지만 다시 한번 처음부터 부탁드려도 될까요?"

"알았어. 테이크2 부터지? 우후후."

"어이, 잠깐만! 엄마는 이게 무슨 상황인지 알고 있는 거야?! 그럼 설명해 달라고!"

"미, 미안해, 마 군. 그래도 안심해. 이 엄마가 마 군을 속이거나 상처 입힐 리가 없잖아. 그러니까……."

눈가에 맺힌 눈물을 훔친 마마코는 복도로 뛰어갔다. 그리고 지정된 위치에 도착한 것 같았다.

"마사토 군도 준비해 주십시오. 자, 서두르세요."

"아니, 그러니까 뭘 하려는 건지 우선 설명을……!"

"정 원하신다면 알려~드리겠습니다. 단~ 자세하게 설명하려면 약 한 시간은 걸릴 겁니다."

"그렇게 오래요?!"

"설명 후, 약 한 시간 후부터 기상 풍경을 촬영. 그 후에 식당으로 이동해서 세팅을 마친 후에 아침 식사 풍경을 촬영……. 그렇게 되면, 아침 식사는 두세 시간 후 혹은 내일 먹게 되겠죠."

"아니, 내일은 말도 안 되잖아요. 그래도…… 엄마가 촬영에 참여하고 있으니, 아침 식사 준비를 못 할 테니까…… 일단, 할 수밖에 없는 건가……."

"굿모닝 키스를 받을지 말지는 마사토 군이 선택하십시오. 게임 세계에 온 모자지간이 맞이하는, 멋진 하루의 시작. 그것을 이미지하며 자신의 기상 풍경을 보여 주십시오. 그럼, 스탠바이!"

"하아, 정말! 알았어요! 할게요! 하면 되잖아요!"

배에서 나는 꼬르륵 소리 탓에, 그리고 아이덴티티인 말장난을 자기가 먼저 입에 담은 것에 대한 사과 삼아서, 마사토는 그 요구에 따라 침대로 터벅터벅 돌아갔다.

굿모닝 키스는 물론 회피했다. 귀여운 자식을 깨우러 온 어머니와, 평범하게 잠에서 깨어나는 아들을 연기했다.

그리고, 아침 식사 시간이 됐다.

서양식 식탁 테이블에는 밥, 된장국, 구운 연어, 날달걀, 김, 채소 절임, 그리고 물론 젓가락이 놓여 있었다.

"카메라, 상차림도 찍어 주십시오. 깨끗한 손가락 끝 같은, 코어한 수요층도 고려하며…… 아, 국그릇을 내미는 마마코 씨도 확대에서 촬영해 둘까요."

"국그릇은 누구한테 내밀면 될까? 아직 아이들이 자리하지 않았는데……."

"아이들에게 건네주는 장면은 나중에 찍겠습니다. 우선 마마코 씨부터 촬영하죠. 카메라를 쳐다봐 주십시오."

"알았어. 그럼…… 자, 받아. 많이 먹으렴." 방긋.

"아, 김 탓에 얼굴이 살짝 가려졌군요. 한 번 더 찍죠."

시라아세의 지시에 따라, 카메라 스태프와 마이크 스태프가

민첩하게 움직이며 영상 소재를 수집했다.

한편, 마사토 일행은 준비를 마친 후에 복도에서 스탠바이 중이다.

"와아! 진짜로 촬영하고 있어요! 뭐가 어떻게 된 걸까요! 마사토 씨, 가르쳐 주세요!"

"미안한데, 나도 전혀 몰라."

"그게 무슨 소리야. 정말 못났네. ……하아, 갑자기 촬영 하자고 하면 곤란하단 말이야. 진짜 곤란해~."

"미리 설명도 해주지 않는다니, 말도 안 되는 군요. 책임자와 이야기를 나누고 싶어요."

흥미에 사로잡힌 포타가 눈을 반짝이며 촬영 풍경을 응시하고 있는 가운데, 그 옆에서는…….

와이즈와 메디가 눈썹 휘날릴 만큼 바쁘게 굴고 있었다. 자기 화장도구를 전부 가져왔고, 옷차림도 꼼꼼하게 체크하고 있었다. 속눈썹에 컬을 하거나, 머리카락을 빗고 있었다. 두 사람이 쥔 손거울에는 진지한 표정이 비치고 있었다.

"……두 사람 다 불평을 그렇게 늘어놓으면서도, 의욕이 넘치는 것 같네."

"딱히~ 그런 건 아냐~."

"남에게 보여줘도 부끄럽지 않도록 최소한의 치장을 하고 있을 뿐이에요. ……뭐, 매사에는 한도가 있으니까, 와이즈 양은 적당히 해도 되겠지만요."

"잠깐만, 그게 무슨 의미…… 앗, 메디! 그건 내 립이잖아!

왜 멋대로 쓰는 거야!"

"와이즈 양, 조용히 하세요. 촬영 중이에요."

"나도 알거든?! 그래도 헛소리 마!"

초여름의 신상 립을 바른 입술로 여유 넘치게 손 키스를 날리는 메디에게, 분노 탓에 얼굴이 시뻘게진 와이즈가 달려들었다……!

바로 그때였다.

"그럼, 여러분. 차례가 됐으니 잘 부탁합니다."

""네~! 잘 부탁드려요~!""

시라아세가 부른 순간, 두 여자애는 그대로 표정을 바꾸면서 환한 미소를 머금었다. 그리고 귀엽게 아양 떨며 인사를 건넨 후, 그대로 식당에 들어갔다.

"겉모습을 아무리 꾸며봤자, 같은 소리를 안 하는 편이 좋겠네. 포타, 우리도 들어가자."

"네! ……으으으, 좀 긴장돼요……."

은근슬쩍 포타의 눌린 머리카락을 정돈해주면서, 마사토도 식당에 들어갔다.

마마코의 옆에 마사토. 맞은편에 와이즈와 포타와 메디. 이렇게 자리에…….

""""영, 차.""""

다섯 명이 한꺼번에 의자 위에 무릎을 꿇고 앉으면서 준비는 다 끝났다.

"그럼, 여러분. 평소처럼 편안하게 아침 식사를 해주십시오.

준비…… 액션!"

"그럼, 잘 먹겠습니다, 를 하자. 다들 손을 모으고……."

"""잘 먹겠습니다!"""

시라아세의 신호에 맞춰, 촬영이 시작됐다.

그와 동시에, 카메라가 마사토를 향했다.

'우왓! 바로 나인 거냐고! ……긴장하지 말고, 편안하게……!'

주역의 자리를 움켜쥘 기회가 찾아왔다! 이 연기에 모든 것을 걸겠다! 마사토는, 마사토는……!

밥공기를 들고, 후루룩 마셨다.

"엄마! 오늘 된장국도 정말 맛있사옵니다!"

"우후후. 고마워. 하지만 마 군, 그건 된장국이 아니라 밥이야."

"큭……. 내가 이런 실수를……."

마사토는 긴장 탓에 잘못된 지시를 내린 자기 머리를 감싸쥐었다.

말없이 쳐다보는 시라아세의 시선이 따갑다. 맞은편에서 들려오는 두 여자애의 웃음소리는 더 따갑다. 그리고 화가 났다.

하지만 다음 순간, 카메라는 그녀들 쪽을 향했다.

"히익?! 이쪽을 향했어?! ……으음, 저기…… 맛있어~!"

와이즈는 주먹을 머리 위로 치켜들었다!

그 직후, 자기 실수를 눈치챈 것 같았다. 새빨개진 얼굴을 숙이더니, 꼼짝도 하지도 않았다.

"와이즈 양, 아직 아무것도 안 먹었잖아요. 정신 차리세요. 저처럼, 차분하게……. 포타 양. 소스 좀 주시겠어요?"

"어? 연어에 소스를 뿌려 먹게요?"

"……간장 주세요."

통한의 실수를 범한 메디는 정숙한 미소녀 스마일을 유지한 채, 완전히 정지됐다. 이쪽도 끝났다.

벌써 세 사람이 격침되고 만 식사 풍경을 보면서, 시라아세는 깊디 깊은 탄식을 토했다.

"괴멸적이군요. 편집으로 어떻게 해볼 테니, 아침 식사 풍경 촬영은 이쯤에서 끝내겠습니다. ……촬영팀 여러분도 휴식을 취하십시오. 나중에 또 잘 부탁드립니다."

그렇게 말한 시라아세는 몰래 윙크했다.

촬영팀 스태프는 작게 고개를 끄덕이더니, 인술을 쓰듯 수인을 맺은 후에 그대로 사라졌다. 꽤 특수한 사람들 같았다.

"촬영은 쉬는 거구나. 그렇다면 시라아세 씨도 같이 식사하지 않겠어?"

"기쁜 마음으로 신세 지겠습니다."

식사 권유를 받은 시라아세는 마사토의 옆자리에 우아하게 무릎을 꿇고 앉더니, 회오리라도 발생할 듯한 속도로 음식을 먹어치웠다.

마사토, 와이즈, 메디는 시선을 교환하면서 아까 범한 실수를 없었던 일로 여기기로 합의한 후, 식사를 재개했다.

"……그런데, 시라아세 씨. 이 갑작스러운 촬영은 대체 뭐죠?"

"여러분이 참가하고 있는 이 게임의 선전용 PV를 제작하기 위해, 여러분의 생활 풍경을 촬영하고 있다는 것을 알려~드립니다."

"선전용 PV인가요……. 아니, 금방 설명이 끝나잖아요. 아까는 한 시간 걸린다고 했으면서……."

"자세하게 설명하려면 시간이 좀 걸린다, 라고 말씀드렸습니다만…… 마사토 군은 긴 이야기를 싫어하는 것 같으니, 제가 득을 보는 사내 콘테 콜록콜록은 생략하도록 하겠습니다."

"뒷부분은 잘 들리지 않았는데…… 아무튼, 그런 거로 알게요……. 그리고 엄마가 우리와 상의하지도 않고 승낙한 거구나."

마사토는 불만이 약간 어린 눈길로 마마코를 응시했다.

마마코는 젓가락을 내려놓더니, 미안하다는 듯이 고개를 숙였다.

"역시, 미리 말해야 했어. 멋대로 일을 벌여서 미안해."

"사과한다고 넘어갈 문제가……."

"마사토 군. 비밀로 해달라고 부탁한 사람은 접니다. 평소처럼, 꾸미지 않은 여러분의 모습을 촬영하고 싶어서 말이죠. 마마코 씨는 저의 요청을 들어줬을 뿐입니다."

"그런 거야, 마사토. 마마코 씨는 사람이 좋아서, 부탁을 거절하지 못하잖아. 어쩔 수 없다니깐."

"그래요, 마사토 군. 갑작스러운 일에 놀라기는 했지만, 문제 될 것은 없어요. 적어도 저는 평소에도 남에게 보여주기 부끄러운 행동은 하지 않으니까요."

"마사토 씨! 저도, 마마코 씨가 숨겼다고 화나진 않았어요! 저는 괜찮아요!"

시라아세에 이어서 와이즈와 메디, 그리고 포타까지 그렇게 말했다.

마마코를 위한 엄호 사격이 마사토의 마음속에서 샘솟은 기분 나쁜 마음에 전탄 명중하더니, 그대로 그 마음을 산산이 박살 냈다.

짜증이 폭발하려던 순간, 동료들에게 도움을 받고 말았다. 마사토는 마음속으로 그들에게 감사했다.

"……응. 맞아. 평소 모습을 촬영하고 싶다면, 처음부터 전부 설명할 수는 없을 거잖아. 촬영이라는 것을 알면, 긴장해서 아까 같은 꼬락서니를 보일 게 뻔한걸. 모르는 편이 정답인 것 같은 느낌이 들어."

"마 군……. 엄마를 용서해 주겠니?"

"용서하고 말고가 어디 있어. 솔직히 말해…… 엄마의 선택이 옳았단 생각이 드네. 이 이야기는 이것으로 끝이야."

"마 군……!"

불안 탓에 어두워져 있던 마마코의 표정이 확 밝아졌다.

그와 동시에, 마마코의 온몸에서 빛이 뿜어져 나왔다!

"마 군, 고마워!" 반짝~!

"우왓, 눈부셔! 어이, 엄마! 갑자기 엄마 스킬【어머니의 빛】좀 쓰지 말라고!"

"하지만 이 엄마는 정말 기쁜걸. 너무 기뻐서 빛나는 거야. 마 군을 꼬옥~ 끌어안아 버릴 거야."

"기쁨을 행동으로 표시 안 해도 돼! 으극?!"

마마코가 손을 뻗어서 마사토의 머리를 잡더니, 그대로 가슴 쪽으로 당기며 끌어안았다. "이봐앗?!", "우후후. 우리 아들은 참 상냥해." 말캉말캉, 쓰담쓰담. 어머니는 참으로 기뻐했다.

옆에서 보고 있던 동료들은 눈부신 빛 탓에 눈을 가늘게 뜨면서도, 휴우 하고 안도했다. 모자지간은 위기에서 벗어난 것 같았다.

"그럼, 우리도 촬영 오케이인 걸로 하자. ……하지만 쬐~끔 마음에 걸리는 점이 있긴 해."

"그래요……. 활약이 많은 사람일수록 촬영되는 양이 많을 테니까…… 가장 초점이 맞춰지는 게 누구일지는 이미 명백하니까요."

"네! 마마 씨가 1등이라고 생각해요!"

"맞아~. ……결국 그런 거죠? 시라세 씨."

"아뇨. 그렇게 단정 짓는 건 경솔한 짓입니다. 마마코 씨 이외의 분들도 노력 여하에 따라서, 주역으로 발탁될 가능성이 있어요."

"뭐, 정말이야?"

"마마코 씨는 이미 수많은 선전 활동에 협력하고 계십니다. 그게 어떤 의미일까요? 그래요. 슬슬 다른 캐릭터를 전면에 내세워도 될 타이밍이란 생각을 안 하는 것도 아닌 듯한 상황이라는 느낌이 드는 것 같기도 하다고 할 수 있죠."

""""호오.""""

와이즈와 메디, 그리고 마마코의 허그에서 탈출한 마사토가 그 말에 반응했다.

"그렇다면 우리한테도 충분히 가능성이 있다는 거네. 크크큭."

"제가 정 히로인으로 발탁될 때가 온 거군요. 후후후."

"으음, 잘은 모르겠지만…… 저도 힘낼게요!"

"아이들이 의욕을 불태우기 시작한 것 같군요. 잘 됐습니다. ……아까는 휴식이라고 말했지만, 사실 촬영팀은 여러분이 의식하지 않도록 모습을 감춘 상태에서 촬영 중입니다. 그러니 마음껏 어필해 주시길."

"진짜예요?! 그런 건 일찍 말해달라고요!"

싸움은, 이미 시작됐다. 타도 마마코. 동료들 또한 전부 라이벌이다.

혹독한 선두 경쟁에서 한발 앞서나가기 위해, 화려한 스타트 대시를 감행한 사람은……!

"좋아, 그럼……!"

"그럼 다들 의욕이 난 것 같으니까, 오늘도 즐겁게 모험을 하자. 오~!"

"잠깐만, 엄마! 그런 발언은 내 역할이라고 항상 말했잖아! ……촬영팀 여러분! 방금 그 부분은 재촬영! 부탁해요!"

역시 마마코에게 역할을 빼앗겼지만, 용사 모자지간과 동료들은 불굴의 투지를 불태우며 모험에 나섰다.

"마 군, 오래 기다렸지? 옷 갈아입는 데 시간이 걸려서 미안해."

"옷? ……평소와 똑같은 복장 같은데……."

"이 시라아세가 준비한, 보이지 않는 부위의 옷을 갈아입었습니다. 그럼 가시죠."

일행은 여관을 나섰다. 시라아세와 함께, 어딘가에 숨어 있을 촬영 카메라를 신경 쓰지 않으려 하며, 모험가 길드로 향했다.

모험가의 활동은 우선 모험가 길드에 얼굴을 비추는 것으로 시작된다. 그곳에서 퀘스트 의뢰를 골라서 맡은 후, 클리어해서 보수를 받는 것이다. 기본 중의 기본이다.

"다들! 오늘 하루도 열띤 모험을 하자! 우리가 힘을 합치면 고난도의 퀘스트도 여유로워! 정신 바짝 차리고 임하자고!"

"자, 컷. 카메라 감독님~. 마사토는 평소에 이러지 않아요~. 연기예요~."

"야비하군요. 정말 비열한 용사예요. 실망했어요."

"확실히 평소의 나는 이런 말을 안 해. 평소 모습이라는 촬영 테마에서 일탈하긴 했어. ……하지만…… 제발 부탁이니까, 서로의 발목을 잡으며 승부하지는 말자. 응?"

"우왓! 마사토 씨, 큰일 났어요!"

"어이쿠! 포타, 무슨 일인데?! 사건이 터졌어?! 용사가 나설 차례야?! 좋아, 나한테 맡겨!"

느닷없이 활약할 기회가 찾아왔다. 마사토는 간단히 헤어스타일을 손본 후, 검자루에 손을 얹으며 전투태세를 취했다.

그리고 날카로운 표정을 머금으며, 포타가 가리킨 방향을 쳐다보니……!

"어머, 기습 모닝 세일이라네. 어머나, 신선 식품이 정말 싸."

"아이들의 완벽한 식생활을 위해, 세일 정보를 절대 놓치지 않는 겁니까. 대단하군요."

"어이, 엄마! 그렇게까지 평소와 다름없을 필요는 없어! 시라아세 씨까지 함께 뭐 하는 거예요! 두 사람 다 돌아와요! 목적지는 모험가 길드라고요!"

모험을 내팽개치고 식자재점으로 빨려 들어가려 하는 마마코를 겨우겨우 데려와서 상황을 정리했다. 어찌 보면 정말 무시무시한 사건이었다.

상점이 줄지어 있는 거리를 나아가자 평범한 복장의 마을 사람이 줄어들었고, 무기와 방어구를 걸친 모험가가 늘어나기 시작했다.

그리고 잠시 후, 모험가 길드가 보이기 시작했다.

"카산 왕도의 모험가 길드…… 들은 바에 따르면, 마마코 씨가 『화끈』하게 나갔었다고……."

"메디. 그 이야기는 하지 말자. 응?"

"참고로 그 일로 인해 가이드북의 표현이 수정되어서, 『화끈』하게 나가지 않더라도 얕보이지 않게 됐다는 것을 알려~ 드립니다."

성검의 일격에 파괴된 흔적은 남아 있지 않은, 카페 같은 느낌의 어엿한 건물에 일행은 들어갔다.

카운터에 있는 접수원에게 가볍게 인사를 건넨 후, 마사토 일행은 의뢰서가 붙어 있는 코너로 향했다.

"좋아. 퀘스트를 고르자. 천공의 선택을 받은 용사인 내가 활약할 수 있는 퀘스트…… 공중 계열 몬스터와 싸우는 퀘스트는…… 아, 있어!"

【하늘의 괴물을 격파하라】라는 제목의, 현상금 몬스터 토벌 의뢰가 있었다.

지금이 자신이 주목받는 부분이라 생각한 마사토는 첫 발견자로서, 촬영을 의식하며 그 의뢰서를 손가락으로 가리켰…….

"어이쿠, 갑자기 현기증이……."

시라아세 씨가 갑자기 앞으로 나서더니, 게시판을 손으로 짚었다.

마사토가 방금 가리켰던 의뢰서가 시라아세의 손아귀 안에서 꼬깃꼬깃 구겨졌다.

"잠깐만요, 시라아세 씨! 갑자기 뭐 하는……!"

"제 몸을 걱정해 주시다니, 정말 상냥한 용사시군요. 멋집니다. 이 장면은 꼭 영상에 담겼으면 싶군요."

"어? 아, 네! 저는 시라아세 씨를 걱정……한 게 아니라! 제가 의뢰서를 발견해서 관심을 끌 장면인데, 왜 방해하는 거냐고요!"

"흠, 그런 짓을 한 기억은 없습니다만……."

시라아세는 시치미를 떼자…….

"흐흥. 마사토는 실패한 것 같네. 기회야. ……앗~! 이거, 좋네! 고대 유적의 보물고 탐색이래! 엄청 재미있을 것 같아!"

"큭, 와이즈 양의 뜻대로 되게 두지는 않겠어요……. 이 의뢰야말로 안성맞춤이에요! 미용에 효과가 있는 비약의 소재를 모으는 수집 퀘스트인 것 같아요! 이렇게 괜찮은 퀘스트를 놓칠 수는 없어요!"

와이즈와 메디는 각자가 발견한 의뢰를 열성적으로 어필했지만…….

"어이쿠, 갑자기 간헐적 현기증이……."

또 시라아세가 게시판 위를 굴러다니면서 두 사람이 가리킨 의뢰서를 몸으로 가렸다. 불가항력적으로 영상에 비치지 않게 할 속셈 같았다.

마사토도, 와이즈와 메디도, 어떤 상황인지 이제 짐작이 됐다.

"……시라아세 씨. 뭐 하자는 거예요. 솔직하게 말해주세요."

"혹시 우리가 고르지 못하게 할 생각이야?"

"저희가 눈에 띄면 곤란한 이유라도 있나요?"

"흐음, 무슨 소리인지 모르겠군요. 저는 갑자기 몸이 나빠졌을 뿐입니다. 배려를 받는다면 몰라도, 비난을 받을 이유는 전혀 없습니다만……."

"솔직하게 말해줄 생각은 없나 보네. 알았어. 그럼 메디. 누가 먼저 할래?" 우둑우둑.

"동시에 해도 괜찮지 않을까요." ……고오오…….

"와이즈 양, 메디 양? 지금은 촬영 중이거든요? 폭력적인 행동은 자제하는 편이 좋지 않을까요? 그러는 편이 좋을 겁니다."

와이즈는 시퍼런 힘줄이 얼굴이 돋은 상태로 뚜두둑 소리 나게 손가락을 풀며, 메디는 음울하고 거무튀튀한 힘은 온몸으로 뿜으면서 시라아세에게 천천히 다가갔다.

눈길을 모으기 위해 활약하려는 두 사람의 의지는 진짜배기였다.

시라아세는 이 상황에서도 여전히 태연했지만, 그녀의 볼을 타고 한 줄기 땀방울이 흘러내린…… 바로 그때였다.

"어머? 이건 뭘까?"

포타와 함께 게시판을 살펴보던 마마코가 의뢰서 한 장에 주목했다.

그 의뢰의 제목은【클리셰 습지대 탐색】이라고 되어 있었다.

"이건 필드 조사 의뢰예요! 초보자가 하는 매우 간단한 퀘스트인데…… 마마 씨는 왜 이게 신경 쓰인 건가요?!"

"이걸 보렴. 의뢰서 구석 부분에 작게 적혀 있는 게 보이지?"

"구석 부분……. 으으음……?"

눈썰미가 좋은 포타가 감정 스킬을 쓰면서 꼼꼼히 살펴보니…….

의뢰서 구석에, 너무 작아서 쌀알에 써도 될 크기의 글자로【마 군】이라 적혀 있었다.

"와아! 마사토 씨의 이름이 적혀 있어요! 마마 씨, 대단하세요! 저는 마마 씨의 말을 들을 때까지 눈치 못챘어요!"

"우후후. 마 군에 관한 것이라면, 아무리 조그마한 것이라도 신경이 쓰이거든. 엄마니까 말이야. ……아, 그래. 이것도 인연일 거야. 이 퀘스트를 해보는 건 어떨까? 마 군, 어떠니?"

마마코가 환한 미소를 지으며 의뢰서를 들어 보였다.

마사토는 차갑기 그지없는 표정으로 시라아세를 쳐다봤다.

"……시라아세 씨. 엄마의 성질을 이용해서 약아빠진 짓거리를 했네요. 애초에 손을 써둔 건가요."

"무슨 말씀인지 모르겠군요. 아무튼 마마코 씨가 결정하신 것 같으니, 이만 되지 않았습니까? ……아, 우연히도 클리셰 습지대의 지도가 저한테 있습니다."

"명백하게, 우연이 아닌 것 같네요."

의심의 여지가 없을 만큼 수상한 퀘스트에 용사 일행이 도전한다!

카산 왕도에서 전송 마법으로 가장 가까운 숙박촌으로 이동한 후, 그곳에서 10분가량 걸어간 일행은 목적지에 도착했다.

갈대와 비슷한 식물이 잔뜩 자라고 있는, 광대한 습지대였다. 이곳이 클리셰 습지대다.

"멋진 곳이네. 흐르는 물도 깨끗해서, 아이들이 물놀이를 해도 괜찮을 것 같아."

"그렇군요. 하지만 여기는 필드 안이에요. 몬스터가 등장하니 아이들이 혼자 놀게 하는 것은 추천하지 않는다는 것을 알려~드립니다."

“어머, 큰일이야. 그렇다면 엄마가 곁에서 지켜줘야겠는걸. ……그러니까, 마 군.”

“헛소리 마.”

마마코가 내민 손을 그대로 무시한 마사토는 앞장서서 걷기 시작했다.

습지대 입구부터 나무가 미로를 형성하듯 종횡무진으로 자라고 있었으며, 일행은 그 안의 가로수길을 따라 나아갔다.

뚜벅뚜벅, 뚜벅뚜벅하고 발소리만이 느긋하게 들려왔다.

“그냥 산책 코스네. ……저기, 포타. 필드 조사라는 건 간단히 말해 『지도 메우기』인 거지?”

“네! 지정된 구역 안을 돌아다니는 퀘스트예요!”

포타가 손에 쥔 지도에서는 습지대 대부분이 숨겨져 있지만, 일행이 통과한 부분은 표시되고 있었다.

그렇게 표시된 지도의 비율이 일정 수치에 도달하면 퀘스트 클리어다.

“너무 초보자 퀘스트라서 하품이 날 것 같아. ……하암…… 아~ 진짜로 하품 났어.”

“와이즈 양. 심정은 이해하지만, 방심하면 안 돼요. 몬스터도 문제지만, 무엇보다…….”

메디는 시라아세를 힐끔 쳐다봤다.

시라아세는 너무하다는 듯이 어깨를 으쓱했다.

“하아, 참 의심이 많군요. ……이 퀘스트를 고르도록 유도했다는 건 인정하겠습니다. 하지만 그것은 촬영상의 이유 때문이라는 것을 알려~드립니다."

"그 이유가 뭔지 가르쳐 주시겠어요?"

"간단합니다. 이번에 여러분에게 부탁드린 것은 선전용 PV 촬영입니다. 많은 사람에게 가벼운 마음으로 참가해달라고 권유하기 위한 것이죠. 그런 점에서 볼 때, 중요한 것은 무엇일까요?"

"으음…… 가벼운 내용이 아니면 『이렇게 힘든 게임 속 생활은 우리한테 절대 무리야!』 하고 생각할지도 모르겠네."

"맞습니다. 그렇게 되면, 본전도 못 찾을 테죠."

"그러니 우리가 비명을 지르거나 불같이 화내도록 유도하는 것도, PV로 쓰기에 부적절하니까 안 된다는 거예요?"

"물론입니다. 작금의 정보 사회의 정세와 스트리밍 문해력를 고려해, 비판의 대상이 될 수 있는 표현은 의도적으로 자제해야만 합니다."

명확한 내부 사정과 단호한 부정을 듣자, 마사토 일행은 의심이 풀렸다.

"그렇다면 믿어도 되려나. 우리는 우리의 싸움에 전념하자. ……두 사람도 알았지?"

"물론이야. 전투가 벌어진다면 항상 마마코 씨가 무쌍을 했지만, 오늘만은 그럴 수 없어. 활약할 기회를 확보해야만 해!"

"이 고난을 극복하기 위해, 동료와 협력하기로 맹세하죠."

빙긋.

"메디의 미소야말로 가장 믿을 수가 없어~."

"절대 믿어선 안 되는 얼굴이긴 해."

"후후후. 참 무례하네요." 콰악콰악.

완벽한 미소녀 스마일을 짓고 있는 메디를, 마사토와 와이즈는 도끼눈으로 쳐다봤다. 그리고 두 사람은 발끝을 자근자근 밟히고 있었다. 아프다.

협력 관계에 균열이 발생한, 바로 그때였다.

"앗! 뭔가 있는 것 같아요! 움직여요!"

포타가 갑자기 그렇게 외치더니, 가로수길 옆의 물속을 손가락으로 가리켰다.

수심이 약 10센티미터 정도 되는 물속에서, 타원형의 투명한 무언가가 헤엄치고 있었다.

"어머, 정말이네. 뭘까…… 꺄앗."

마마코가 가로수길 옆으로 몸을 내밀며 물속을 들여다본 바로 그때였다. 그 물체가 푸쉭~ 하고 대량의 물을 뿜었다.

마마코는 흠뻑 젖었다. 원피스가 몸에 찰싹 붙더니…… 속옷의 윤곽이 흐릿하게 드러났다.

"어머나, 물에 젖었네. 엄마, 흠뻑 젖었어. 저기, 마 군. 엄마, 흠뻑 젖었어."

"나한테 일일이 말 안 해도 돼! 다가올 것도 없거든?! ……포타! 엄마한테 수건을 줘!"

"네! 저한테 맡겨주세요!"

"닦을 겁니까? 그건 좀 아까운데……."

"바보 같은 소리 하지 말고, 시라아세 씨도 도와주세요!"

눈 둘 곳이 없는 상태인 마마코를 포타와 시라아세에게 맡기면서, 최대한 쳐다보지 않으려 했다.

그리고 마사토는 검자루에 손을 얹더니, 물속을 들여다봤다.

"방금 그거, 대체 뭐야? 몬스터일까?"

"잘은 모르겠지만, 아마 맞지 않을까? 몬스터가 나온다고 들었잖아."

"그렇다면 아까 그 물은 공격일까요. 마마코 씨는 대미지를 전혀 입지 않은 것 같은데 말이죠."

와이즈와 메디도 마사토와 나란히 서더니, 가로수길 가장자리에서 주위를 둘러봤다.

그런 세 사람의 등 뒤에서 첨벙 하는 소리가 들려왔다. 물속에서 튀어나온 물체가, 가로수길 반대편에 내려섰다.

푸른색을 띤 투명한 몸을 지닌 수박만 한 사이즈의 물체, 슬라임이었다.

"역시 몬스터였구나! 좋아, 와이즈에게 맡기겠어!"

"와이즈 양이 활약할 때군요! 잘 부탁해요!"

"뭐야. 두 사람 다 나한테 양보해 주는 거야? 괜찮은 구석도 있네! ……어엇, 앗?"

마사토와 메디는 와이즈의 팔을 꽉 잡더니, 그녀를 앞세웠다.

슬라임의 공격. 슬라임은 몸을 부들부들 떨었다. 불가사의한 진동이 주위에 퍼져 나갔다.

마사토는 효과가 없었다. 메디는 상태 이상을 막는 마법을 썼다.

와이즈는 마법을 봉인 당했다.

“아, 니…… 저기, 마사토! 메디! 너희들, 이게 무슨 짓이야?!”

“나쁜 건 슬라임이지, 우리가 아냐. ……자, 이것으로 경쟁 상대가 한 명 줄었는데…… 그래도, 상대는 슬라임이구나.”

“멋진 활약을 선보이는 건 어렵겠어요. 상대가 너무 약하니까요.”

마사토와 메디는 의욕이 영 나지 않는 것 같지만…….

슬라임은 의욕이 넘쳤다. 위협하듯 몸을 부풀리더니……!

“마 군, 오래 기다렸지? 몸을 닦았으니까, 이제 괜찮…… 꺄앗.”

슬라임은 주저 없이, 이쪽으로 뛰어온 마마코에게 물을 끼얹었다!

마마코는 또 흠뻑 젖었다. 옷이 흠뻑 젖으면서, 속옷 라인이 확연하게 드러났다. 마마코는 또 요염한 자태를 선보였다.

“어머나. 또 당했네. 저기, 마 군. 엄마, 흠뻑 젖었어.”

“그러니까 일일이 보고할 필요 없다니까 그러네! 모처럼 달려와 줬는데 이런 소리해서 미안하지만, 빨리 물러나!”

“어머, 괜찮아. 물을 뒤집어썼을 뿐인걸. 엄마는 대미지를 입지 않았어.”

“그런 모습을 본 아들이 정신적으로 심각한 대미지를 입는다고요! 자, 뒤돌아서! 달려가!”

마마코의 등을 밀어서, 수건을 준비하고 기다리는 포타와 시라아세 쪽으로 보냈다. 마마코, 피트인!

바로 그때였다.

“마사토! 그쪽이 끝났으면 서둘러 이쪽을 부탁해!”

“상황이 좋지 않아요!”

“우와, 맙소사!”

물속에서 슬라임이 차례차례 튀어나왔다. 와이즈가 걷어차고 메디가 지팡이로 후려쳐서 날려버렸지만, 처리 속도가 증가 속도보다 느렸다. 점점 늘어나고 있었다.

가로수길은 순식간에 대량의 슬라임으로 뒤덮이고 말았다.

“엄마만 집요하게 노리는 슬라임이 대량 출현…… 이봐, 왠지 상황이 이상하게 돌아가는 것 같지 않아?”

“이대로 있다간 첫 던전 탐색 때처럼 마마코 씨와 마사토한테 큰일이 날지도 몰라.”

“그 이야기라면 저도 들었어요. ……또 그런 사건이 일어나서 영상으로 찍히고, 하물며 스트리밍까지 된다면…….”

“우리 오오스키 가는 끝장이야! 그러니까 두 사람! 우리 모자지간을, 엄마를 지키기 위해 힘을 빌려줘!”

“호오~. 마마코 씨를 지키기 위해, 란 말을 순순히 하네. 좋아. 내가 온 힘을 다해 도와주겠어!”

“동료가 위기에 처한 만큼, 누가 더 활약할지를 가지고 다툴 때가 아니군요. 온 힘을 다해 지원하겠어요.”

“좋아! 부탁해!”

마사토는 자연스럽게 마마코를 감싸는 위치에 서더니, 성검 필마멘트를 뽑아들었다.

자기를 지킨다는 말을 듣고 감격한 어머니가 지켜보는 가운데, 아들 용사는 싸움에 임했다!

“와이즈 양, 마법이 봉인되어 있을 때가 아니에요. ……스파라 라 마지아 펠 미라레…… 해제(리라시오)!”

“고마워, 메디! 자, 마사토! 멋진 모습 좀 보여봐! ……스파라 라 마지아 펠 미라레…… 호풍(豪風)(포르테 벤토)!”

“나이스 연계! 두 사람 다, 다시 봤다고!”

와이즈의 마법이 발동. 돌풍이 휘몰아치면서, 슬라임들을 차례차례 상공으로 빨아올렸다.

마사토는 은근슬쩍, 바람에 흩날린 머리카락을 정돈한 후…….

“합체해서 진짜로 위험한 상황이 벌어지기 전에, 전부 해치워 버리겠어! ……공중에 있는 적은, 하늘의 선택을 받은 이 용사 마사토의 사냥감이라고오오오오!!”

날카로운 기합을 내지르면서, 전력으로 검을 휘둘렀다. 위대한 천공의 힘이 담긴 검에서, 거대한 충격파가 뿜어져 나갔다.

적을 자동 추적하는 충격파가 하늘을 가르며 날아가더니, 슬라임 한 마리를 두 동강 냈다.

“좋아! 내 공격이 어때?!”

“멋진 일반공격이었어.” 짝짝.

“멋진 1회 공격이었어요.” 짝짝.

“틀린 말이 아니라서 더 열 받네! 나, 역시 너희가 싫어!”

격파당한 슬라임에게서 나온 환금 소재인 젬 하나가 마사토의 앞까지 굴러왔다. 딱 하나뿐이다. 매우 처량했다.

"그럼, 서비스는 이쯤에서 끝내야지. 여기서부터는 초절정 현자인 내 차례야! 마법으로 깔끔하게 쓸어버려야지!"

"과연 그렇게 될까요. 힐러 직업의 차원을 초월한 특별한 치유술사가 여기 있다는 걸 잊지 마세요."

마법서를 손에 쥐며 전투태세를 취한 와이즈를 지나치며 "잠깐만!", "먼저 갈게요." 메디가 돌격했다. 하늘에서 추락하는 슬라임을, 지팡이를 풀스윙해서 그대로 쳐서 날려버렸다.

"오~. 역시 구타 힐러는 대단하네. 전부 홈런이야."

"타격력만이 저의 힘은 아니에요. ……스파라 라 마지아 펠 미라레…… 사망(모르테)!"

순백의 치유술사가 즉사 마법을 펼쳤다. 사신의 그림자가 공중을 가르더니, 슬라임들을 스쳐 지나가면서 그 목숨을 앗아갔다.

"순조롭군요. 이대로 가면 와이즈 양은 쓸모없는 애가…… 어, 와이즈 양? 와이즈 양이 대체 누구였죠? 기억이 안 나네요."

"존재마저 잊으려고 하지 말란 말이야! 나, 여기 있단 말이야! ……스파라 라 마지아 펠 미라레…… 화염(푸오코 피암마)! 그리고! 화염(푸오코 피암마)!"

두 개의 마법을 연속해서 발동시키는 스킬, 연속 마법이 발동. 머리 위쪽을 향해 발사된 활활 타오르는 불꽃이 낙하하는 슬라임들을 통구이로 만들었다.

불꽃이 사라지자, 다시 모습을 드러낸 푸른 하늘에서 대량의 젬이 떨어졌다. 슬라임은 보이지 않았다.

슬라임 떼를 해치웠다!

"좋아, 승리! 그리고 공격 한 방의 위력만 본다면 이 중에서 내가 최고야. 틀림없다고."

"그래그래. 그런 거로 해둘게."

"그럼, 이제부터는 귀여운 노력가 씨의 차례군요."

"젬 회수는 제가 할 일이에요! 저한테 맡겨주세요!"

전투 종료에 맞춰 달려온 포타가 가로수길 위에 떨어진 젬을 회수하기 시작했다. 나무 열매를 주워 모으는 다람쥐처럼, 참 귀여운 광경이었다.

그리고…….

"마 군. 그리고 와이즈 양과 메디 양. 다들 잘했어. 참 멋졌다니깐."

"그리고 괜히 나서지 않고 조신하게 뒤편에서 대기하고 있던 어머니가, 마지막에 공로를 치하해 준다. 그래. 이게 우리들, 용사 파티야. 거짓말이 아냐. 이게 진실이라고. 다들…… 내 말 맞지?"

이상적인 전투 풍경에 만족한 마사토 일행이 고개를 돌려보니…….

다가오고 있는 마마코의 뒤편에 산만 한 크기의 거대 슬라임이 있었다.

슬라임 안에 누군가의 관짝이 들어 있는데 그것은 일단 제쳐두기로 하고…….

"잠깐만, 어느새 나타난 거야?! 아니, 그것보다 좀 위험한 거 아냐?! 데자뷔가 어마어마하게 느껴지거든?!"

"마마코 씨! 뒤쪽! 뒤쪽을 보세요!"

"마마 씨~! 뒤쪽이에요! 뒤쪽 좀 보세요~!"

"어머, 뒤편에 뭐가 있는 걸까…… 같은 장난에 걸려들지 않는단다. 우후후."

"아니, 장난이 아니라고! 빨리 도망…… 아앗?!"

늦었다.

거대 슬라임이 토한 정체불명의 액체가 철퍼덕, 마마코의 온몸을 감쌌다.

그 정체불명의 액체는 피부와 머리카락을 전혀 훼손하지 않으며 옷만 녹였다. 원피스가 녹아서 흘러내리더니, 점점 피부가 드러나…….

"안 돼애애애애앳?! ……어, 어라? 수영복?"

엄마는 갑옷 파츠와 무기, 그리고 비키니를 착용하고 있었다.

"『만일의 사고에 대비해, 대(對) 슬라임용 장비를 걸치시죠』 하면서 시라아세 씨가 권해줬단다."

"여관에서 나오기 전에 갈아입은 게 바로 그거구나. 전부 계획 대로였던 거네. 젠장."

"그럼, 이제부터는 이 엄마 차례야."

마마코는 빙긋 미소 짓더니, 거대 슬라임을 향해 돌아섰다.

겁을 먹은 것처럼 몸을 흠칫한 거대 슬라임은 삐~ 삐~ 하는 소리를 내고 있었다. 습지 곳곳에서 조그마한 슬라임이 튀어나오더니, 거대 슬라임에게 모여들었다.

더 합체해서 자신을 강화하려는 것 같지만…….

"슬라임 씨들에게는 연락망 같은 게 없는 걸까? 이런 짓을 하면 안 된다고 전에도 말해줬던 것으로 기억하는데 말이야."

오른손에는 불꽃 색깔의 검, 대지의 성검 테라디마도레.

왼손에는 진청색의 검, 바다의 성검 알투라.

두 자루의 성검을 꼭 쥐며…….

"엄마의 옷을 벗긴 나쁜 몬스터에게는, 따끔하게 벌을 줘야겠네! 에잇!"

마마코의 공격.

테라디마도레를 휘두르자, 대지에서 대량의 바위 칼날이 튀어나왔고…….

알투라를 휘두르자, 무수한 물방울 탄환이 일제히 발사됐다.

거대 슬라임과 조그마한 슬라임, 전부에게 전체공격인 2회 공격이 작렬했다.

전부 그대로 찢겨나가고, 꿰뚫리더니, 한 마리도 남김없이 모든 몬스터가 격파됐다. 승리를 축복하듯, 대량의 젬이 선명하게 빛났다.

엄마가 클리셰 습지대의 보스를 해치웠다!

젬 회수를 위해서, 포타가 힘차게 현장을 뛰어다녔다. 한편, 활약할 기회를 빼앗긴 세 사람은 좀 처량해 보였다.

하지만 말이다.

"역시 마지막은 마마코 씨…… 하지만, 우리도 활약했어! 기회는 있을 거야!"

"제 활약은 충분했다고 생각해요. 선전용 PV의 주역과 정

히로인 자리를 제 것이 틀림없어요."

"할 수 있는 데까지, 했어. 뒷일은 하늘에 맡기자. ……하늘이여! 나는, 네가 선택한 용사라고! 그러니, 잘 부탁해!"

희망을 품으며 이상의 실현을 믿어 의심치 않는 마사토 일행은 젬에 파묻힌 관짝에서 흘러나오는 의미심장한 웃음소리를 듣지 못했다.

촬영을 위한 퀘스트를 마치고 며칠 후. 시라아세가 마사토 일행에게 보낸 편지 한 통이 도착했다.

완성된 선전용 PV의 선행 시사회 초대장이었다.

"저기, 메디. 내 헤어스타일, 어때? 이상한 데는 없어?"

"이상한 데가 있어도 딱히 문제없을 거예요. 와이즈 양은 말이에요."

"우와~ 열받네~. 열받으니까, 네 립을 멋대로 쓸래. ……어, 이건 내 거잖아!"

"이~봐, 두 사람. 그만해. 곧 출발할 거라고."

평소보다 조금 더 꼼꼼하게, 약 두 시간 정도 들여서 치장을 한 두 여자애를 잡아끌면서 마사토 일행은 여관을 나섰다.

시사회장은 카산 왕도에 있는 다목적 홀이다. 신전처럼 호화로운 건물의 입구에는 입장객이 줄지어 서 있었다. 마을 사람과 모험가들이 백 명 넘게 모여 있었다.

"일반인도 같이 보는 건가……. 우와. 긴장되기 시작했어."

"저도 그래요……. 으으……."

"시사회에 참가해서, 영상을 볼 뿐이잖아. 릴렉스하자. 오~."

평소와 다름없는 마마코의 뒤를 따르면서 관계자용 입구에서 접수를 마친 일행은 대기 로비로 안내됐다.

주위의 모든 관계자가 마사토 일행을 쳐다보고 있는 듯한 느낌이 들었다…… 그런 느낌에 사로잡혀서 안절부절못하고 있을 때, 시라아세가 모습을 보였다.

"바쁘실 텐데 이렇게 와주셔서 감사합니다. 여러분의 활약이 담긴 주옥같은 작품을, 부디 즐겨주십시오."

"아, 안녕하세요……."

시라아세 상대로도 긴장한 마사토 일행은 홀 가장 앞쪽의 자리로 안내됐다.

시라아세, 마사토, 마마코, 포타, 와이즈, 메디. 그들은 나란히 앉아서 상영을 기다렸다.

"자, 이제부터 용사 파티의 활약을 많은 분께서 감상하실 건데…… 괜찮다면 지금의 심경을 들려주시지 않겠습니까?"

"지금의 심경…… 으음……."

"내 마법에 매료된 사람들이 팬클럽을 만들면 어쩌지, 같은 생각이 들어. 흐흥."

"와이즈 양, 안심하세요. 그런 일은 일어나지 않아요. 하지만 저는 이제부터 받게 될 선물의 수집함을 빨리 준비할 필요가 있을 것 같아요."

"저는, 으음…… 조금이라도 영상에 나온다면, 기쁠 것 같아요!"

"포타 양은 참 열심히 했잖니. 분명 많이 나올 거야. 우후후."

"그러면 마지막으로 용사이자 리더인 마사토 군, 한 마디 부탁해요."

"마지막 차례인가요. 알았어요. 맡겨주세요. 완벽하게 해낼게요."

마사토는 가볍게 헛기침을 한 후, 가슴을 펴고 말했다.

"제가 바라는 것은 딱 하나예요. 모험에 도전하는 저희의 모습이, 많은 사람에게 꿈과 희망을……."

"아, 벌써 시간이 됐군요. 조용히 해주시길."

"크……. 항상 이런다니깐……."

홀의 불이 꺼지더니, 앞쪽에 있는 스크린에 영상이 비쳤다.

시작된다.

'우리의…… 아니, 나의 주역급 활약이, 바로 지금 이 자리에서……!'

오오스키 모자지간과 동료들의 일상을 촬영한 모험 다큐멘터리. 그 내용은……!

우선 아침 기상 풍경.

『아침이야. 일어나렴. ……좀처럼 일어나지를 않네. 그럼, 이 엄마가 일어날 수 있도록 마법을 걸어줘야지. 으음…… 쪽.』

마마코가 방에 들어오더니, 침대 옆에 살며시 서서 굿모닝 키스를 하는 척을 했다.

마사토는 머리만 살짝 비치는 것으로 끝이었다.

다음은 아침 식사 장면.

『자, 받아. 많이 먹으렴.』

밥이 담긴 그릇을 내미는 마마코의 환한 얼굴이 화면을 가득 채웠다.

식사 장면은 계속 이어졌다. 활기차게 밥을 먹는 포타의 모습이 비쳤다. 볼에 밥풀이 붙어 있는 모습이 귀엽다. 참 귀엽다.

나갈 준비를 마친 후, 일행은 우선 모험가 길드로 향했다.

『어머? 이건 뭘까?』

와이즈와 메디는 화면에 나왔지만, 한순간에 지나지 않았다.

마마코와 포타는 의뢰서를 손가락으로 가리키며 이야기를 나누고 있었다. 긴장감 넘치는 BGM이 흐르면서, 대화 내용이 잘 들리지 않았다.

자, 드디어 모험이 시작된다. 습지대 공략이다.

『멋진 곳이네. 흐르는 물도 깨끗해서, 아이들이 물놀이를 해도 괜찮을 것 같아.』

『그렇군요. 하지만 여기는 필드 안이에요. 몬스터가 등장하니 아이들이 혼자 놀게 하는 것은 추천하지 않는다는 것을 알려~드립니다.』

【담당 스태프의 친절한 서포트】라는 자막과 카메라를 똑바로 바라보는 시라아세가 화면에 비친 후, 마마코는 시라아세와 함께 가로수길을 나아갔다.

아이 친구 엄마들끼리 산책이라도 하는 듯한, 그런 느긋한 광경이 펼쳐진…….

다음 순간……!

『어머나, 물에 젖었네. 엄마, 흠뻑 젖었어.』

물속에서 갑자기 뿜어진 물줄기를 맞은 마마코가 흠뻑 젖으면서 속살이 비쳐 보였다!

이어서……!

『어머, 뒤편에 뭐가 있는 걸까…… 같은 장난에 걸려들지 않는단다. 우후후.』

마마코가 빙긋 미소 지은 직후, 정체불명의 액체를 뒤집어쓴 그녀는 옷이 서서히 녹아내리기 시작했고…….

수영복 차림의 마마코가, 양손에 성검을 들고 혼신의 공격을 펼쳤다!

『엄마의 옷을 벗긴 나쁜 몬스터에게는, 따끔하게 벌을 줘야겠네! 에잇!』

거대 슬라임을 전체공격인 2회 공격으로 격파했다. 해냈다! 엄마가 해냈다!

그리고…….

『우후후! 엄마, 열심히 했어~!』

기쁨에 겨워 껑충껑충 뛰는 탓에 특정 부위가 출렁거리고 있는 마마코의 앞에, 글자가 표시됐다.

【일반공격이 전체공격에 2회 공격인 엄마는 좋아하세요?】

쓸데없이 긴 문장으로 출렁대는 가슴을 가린 거냐.

이어서 장대한 팡파르가 들려오면서, PV는 피날레를 맞이했다.

우레같은 박수가 터져 나오면서, 선행 시사회는 종료됐다.

"저 긴 문장, 짜증나네~. 사람을 열 받게 해."

"심정은 이해하지만, 어쩔 수 없어. 폭넓은 연령층을 위한 배려잖아."

"그래도 디스크 버전이 따로 나온다면 기회가 있지 않을까?"

"있어. 분명히 있을 거라고. 나, 무조건 살 거야."

표정이 밝은 입장객들이 그런 말을 하면서 밖으로 나갔다.

시사회장에는 마사토 일행만이 남겨졌다.

"우리는, 완전, 엑스트라였네."

"그래요. 뭐, 예상 못 했던 건 아니지만 말이에요."

와이즈와 메디는 무표정한 얼굴로 앞을 바라봤다.

"제가 몇 번이나 화면에 나와서 깜짝 놀랐어요!"

"우후후. 잘됐네. 이 PV를 본 사람들이, 부모 자식이 함께 모험하고 싶단 생각을 한다면 참 기쁠 것 같아."

포타와 마마코는 서로를 바라보며 빙긋 웃었다.

그리고…….

"그러면 마사토 군, 마지막으로 한마디 부탁드립니다."

"알겠어요. 여러분, 부디 경청해 주십시오."

시라아세가 그렇게 말하자, 자리에서 일어난 마사토는 동료들을 향해 가볍게 고개를 숙인 후…….

하나, 둘, 셋~.

"역시 엄마만 나온 거냐고오오오오오오오오오오오오!!"

마사토의 고함이 행사장 구석구석까지 울려 퍼졌다. 음향효과가 참 끝내주는 홀이었다.

MMMMMORPG
REPORT VOL.5

모험 리포트
VOL.5

작성자 : 메디

촬영 중에는 시라아세 씨의 시선을 통해 카메라의 대략적인 위치를 파악해서, 은근슬쩍 프레임 안에 들어가려고 움직였지만…… 전부 컷 당하고 말았군요. 분해요. 정말 분해요.

조사원 : 시라세 마스미

레포트 용지에서 다크 파워가 느껴집니다.
부디 냉정을 되찾으시길.

제6장
호오, 누가 왔는걸. 누구지? 모르는 사람이지만, 왠지 아는 사람 같은데……?

카산 왕도를 내려다보는 언덕에, 한 줄기 빛이 쏟아졌다.

정체불명의 수녀 시라아세가 전송 포인트에 내려섰다.

"왔어! 왔다고! 전송 완료! 반가워, 비현실! ……하며, 마사토 군이 난리법석을 떤 적도 있었죠. 참 그립군요."

감회에 찬 눈길로 주위를 둘러보는 시라아세의 뒤편에, 또 한 줄기의 빛이 쏟아졌다.

이번에 모습을 보인 이는 아름다운 외모의 소년이었다. 경갑옷을 걸쳤고, 커다란 검을 등에 멘, 열다섯 살 정도로 보이는 젊은 검사다.

소년 검사는 눈을 동그랗게 뜨면서 주위를 둘러봤다.

"여기가 게임 세계 안입니까……. 이야기는 들었지만, 정말 대단하군요. 보는 것, 만지는 것, 냄새까지 전부 현실과 똑같이 느껴져요."

"대체 누가 이런 기술을 창조한 걸까요. 세상에는 정말 대단한 사람이 있군요. ……그러고 보니 전송 궁전에서의 등록을 건너뛰었네요. 게임 안에서의 이름은 무엇으로 하시겠습니까?"

"제 이름 말인가요? 그래요……. 기왕 RPG를 하게 됐으니……

『호크』로 부탁드립니다. 제 이름에 쓰인 한자 중 한 글자를 따서 말이죠."

"참고로 『송골매 준(準)』은 팔콘이며, 호크는 『매 응(鷹)』입니다."

"어, 어라?"

"하지만 한 번 등록하면 변경할 수 없단 룰이 있으니, 호크 씨로 하겠습니다. 자, 호크 씨. 잘 부탁드립니다."

"이런 부끄러운 실수를…… 젠장, 젠장……!"

호크는 지면을 손바닥으로 찰싹찰싹 소리 나게 두드리며 분통을 터뜨렸다.

시라아세는 그 모습을 옆에서 지켜보며 희미하게 미소를 머금었다.

"그러고 보니, 초회 계정 등록에서 실수한 누구누구 씨도 똑같은 스타일로 분통을 터뜨렸죠. 역시 피는 속이지 못하는 걸까요."

"네?"

"혼잣말입니다. 후후후. 그럼, 호크 씨. 이만 출발하시죠. 이 시라아세가 안내하겠다는 점을 알려~드립니다."

"아, 네. 잘 부탁하죠."

시라아세와 호크는 언덕을 내려갔다.

"일단 스타트 지점인 카산 왕도로 향하겠습니다. 거기서 기본적인 생활환경과 습관을 확인한 후, 시찰을 시작할 예정이죠. 부디 마음껏, 이라고 말씀드리고 싶습니다만……."

"오늘 밤에는 각계각층의 관계자 여러분과의 회식이 예정되어 있으니, 거기에 늦지 않도록 주의하라는 거군요."

"그러니 저녁때까지만 머무는 것으로 하겠습니다. 시간이 되면 알려~드리죠. ……참고로, 구체적인 시찰 내용에 관한 의견이 있으십니까?"

"아뇨. 딱히 없어요. 시라세 씨에게 안내를 맡기죠. 저는 경영 측의 판단을 맡고 있으니, 계획 실행 여부에 관한 판단 재료가 될 만한 것을 보여줬으면 합니다만……."

"그런 소리 마시고, 사모님과 아드님을 만나게 해달라고 솔직하게 알려~주셔도 괜찮습니다만?"

"글쎄요……. 저는 아내에게 뭔 숨기지 못하는 편이라, 마주친다면 이런저런 사정을 다 털어놓을 것 같아 불안하달까요."

"확실히 사전에 정보를 알려~드릴 수는 없을 겁니다. 이 시라아세조차도 그것만은 알려~드릴 수 없으니까요."

"시라세 씨의 말이 맞습니다. 그래서 만에 하나라도 정체가 들통나지 않도록 변장을 한 거죠……. 멀리서 어쩌고 있는지 살펴보기만 하고, 직접 만나지 않는 편이 좋을 것 같지만……."

"속내는 어떻죠?"

시라아세가 심술궂은 질문은 던지자, 호크는 멋쩍은 듯이 웃음을 흘렸다.

"……뭐, 그래요. 일로 왔다고는 하지만, 오래간만에 가족 셋이 함께 지낼 수 있다면 행복할 것 같군요."

"그래요. 공과 사를 혼동하고 있는 겁니까. 중대한 책임을 젊어진 이에게 걸맞지 않은 행위입니다."

시라아세의 인정사정없는 말이, 호크의 가슴에 그대로 꽂혔다.

"……저기, 시라세 씨? 갑자기 태도가 냉랭해진 것 같거든요?"

"무슨 소리인지 모르겠군요. 제가 몇 번이나 시라아세라고 이름을 밝혔는데도 불구하고 계속 시라세로 부르는 게 불만이라 이라는 건 절대로 아닙니다만……. 어머?"

언덕을 내려와서 카산 왕도로 이어지는 길에 접어든 바로 그때였다.

길 끝에 있는 왕도의 한편에서 연기가 피어오르고 있었다. 그리고 다음 순간, 폭발음이 울려 퍼졌다.

게다가 다른 장소에서도, 또 다른 장소에서도 폭발이 연이어 발생하는 것 같았다.

얼이 나간 채 그 광경을 지켜보던 두 사람이 갑자기 정신을 차렸다.

"시라세 씨…… 아, 아니, 시라아세 씨! 대체 무슨 일이 일어난 거죠? 알려~주세요!"

"유감이지만, 저도 뭐가 뭔지……. 안전을 생각해, 일단 다가가지 않는 편이…… 아니…… 이런 소동의 중심에야말로, 저희의 타깃인 그 분이 있을 가능성이 크다고 생각합니다."

"그렇다면, 서둘러 가죠!"

호크가 진지한 눈길로 쳐다보자, 시라아세는 고개를 끄덕였다.

카산 왕도 내부는 전장으로 변했다.

건물 안으로 피신한 마을 사람들이 창문을 통해 불안한 표정으로 바라보는 방향에서, 무장을 한 모험가들이 다급한 표정으로 뛰어오고 있었다. 큰 길, 작은 길, 건물 지붕 위와 수로, 그 모든 곳이 전투 구역이었다.

적은 인간형, 동물형, 그리고 캔 배지나 키홀더 같은 잡화형까지, 온갖 형상을 한 무언가였다. 그림자처럼 시꺼멓고 명확한 실체를 지니지 못한 무언가가 종횡무진으로 마을 안을 돌아다니며, 인간을 닥치는 대로 공격하고 있었다.

용사 마사토도 표적이 되고 있었다.

"젠장! 이것들은 뭐야!"

도발하듯 머리 위를 날아다니는 인간형 그림자를 향해, 마사토는 성검 필마멘트를 힘껏 휘둘렀다.

혼신의 충격파가 그대로 명중하자, 그림자는 그대로 찢겨나가면서 소멸했지만…….

잠시 후, 그림자는 원래대로 재생되면서 괴성을 토했다.

"하아, 정말! 또냐!"

"그럼 내가 이 세상 끝까지 날려버리겠어! ……스파라 라 마지아……!"

바람처럼 달려온 현자 와이즈가 필살의 연속 마법을 펼쳤……!

그림자의 선제공격. 그림자는 눈에 보이지 않는 진동을 발생시켰다. 하지만 마사토에게는 효과가 없었다.

와이즈는 마법이 봉인됐다.

"……빌어먹을, 작작 좀 하라고……." 훌쩍.

"이봐~ 와이즈. 마음은 이해하지만, 여자애가 그런 말을 입에 담으면 안 돼."

"몸도 마음도 말투도 안습한 사람은 물러나세요. 제가 어떻게 해보겠어요. ……스파라 라 마지아 펠 미라레…… 청화(淸化)(프리피카레)!"

기품 넘치는 엉덩이 어택으로 와이즈를 밀어낸 치유술사 메디가 정화 마법을 사용했다. 그녀가 치켜든 지팡이에서, 마를 멸하는 신성한 빛이 뿜어졌다.

그림자들은 그 빛 속에서 소멸됐지만…… 잠시 후, 원래 있던 장소에 다시 나타났다.

답이 안 나온다.

"이럴 수가……. 제 마법이 안 통하다니……."

"흐흥. 메디도 안습해서 안심이야. 그래도 열 받네! 저기, 마사토! 이것들은 대체 뭐야?!"

"나야말로 알고 싶거든?! 이렇게 되면…… 엄마!"

"알았어. 자신은 없지만, 힘내볼게."

마사토 일행이 옆으로 비켜서자, 마마코가 앞으로 나섰다.

오른손에는 대지의 성검 테라디마도레. 왼손에는 바다의 성검 알투라. 두 자루의 성검이 힘차게 휘둘러졌다.

지면에서 대량의 바위 칼날이 솟구쳤고, 허공에 생겨난 물에서 무수한 물방울 탄환이 발사됐다. 눈에 보이는 범위 안에 있는 모든 그림자에게 공격이 명중……했지만, 역시 그림자는 부활했다.

"어머나. 역시 안 되네."

"하아, 정말! 엄마의 공격도 안 통하다니, 어떻게 되어 먹은 거야!"

"진짜 열 받아~! 이거, 진짜로 위험한 거 아냐?!"

어머니의 힘에 공격을 당한 그림자들이 마치 발끈한 것처럼, 일제히 달려들었다!

"일단 물러나죠! 빨리 이쪽으로 오세요! ……스파라 라 마지아 펠 미라레…… 대장벽(알토 바리에라)!"

메디가 마법으로 방어 장벽을 전면에 전개해서, 안전한 영역을 만들었다. 마사토 일행은 서둘러 그곳으로 뛰어들었다. 간발의 차이로 세이프다.

그림자들은 맹렬히 몸통 박치기를 했다. 마치 기록적 단시간 폭우 같은 기세다. 장벽은 어찌어찌 버티고 있지만, 그림자에서 튀어나온 시꺼먼 물방울 같은 것이 서서히 주위를 물들이고 있었다.

"우와, 너무 무섭네! 이 정도면 완전 재해 아냐?!"

"나도 몰라! ……어, 어라? 포타는 어디 있어?"

"포타 양이라면 제 뒤편에 있어요."

"으으으…… 저, 몬스터는 괜찮아도 귀신은 무리예요……."

여행상인 포타는 메디의 등 뒤에 매달린 채, 아무 것도 보지 않으려는 것처럼 등에 얼굴을 묻고 있었다.

포타가 아니라 다른 사람이라도, 쳐다보기 싫을 듯한 광경이었다.

정체불명의 그림자가 주위를 완전히 뒤덮었다. 왕도에 있는 모든 모험가가 맞서 싸우고 있지만, 명백하게 열세였다.

적은 공격력이 약하지만, 사람에게 들러붙어서 같은 편끼리 싸우게 만든다. 마사토 일행의 옆에서도, 적에게 조종당한 남성 마법사가 동료에게 화염 마법을 날렸다. 불길에 휩싸인 전사 남성과 도적 소녀가 비명을 지르면 바닥을 굴러다니고 있었다.

귀를 막은 채 떨고 있는 포타의 등을, 마마코가 살며시 쓰다듬어줬다.

"으으으…… 무, 무슨 일이 일어난 걸까요……. 왜 이런 일이 일어난 걸까요……. 저는 정말 모르겠어요……."

"나도 모르겠어. 평소처럼 다 같이 아침을 먹고, 준비를 한 후, 퀘스트를 하러 가려고 했는데, 갑자기 밖에서 비명이 들려왔…… 아, 잠깐만."

"뭐야, 엄마. 뭔가 눈치챈 게 있는 거야?"

마마코는 진지한 표정으로 고개를 끄덕였다.

"그러고 보니 오늘은 반년에 한 번 있는 폐품 회수일이야. 허둥대다 보니, 내놓는 걸 깜빡했네."

"하하하. 저기, 엄마. 지금은 그런 소리를 할 때가 아니거든?"

부글부글.

"그, 그래. 마 군의 얼굴에 시퍼런 힘줄이 돋게 해서 미안해. 엄마한테는 중요한 일이라서, 좀 신경 쓰인 건데…… 어머?"

어느새, 주위가 조용해졌다. 무수한 그림자의 몸통 박치기도 중단됐다.

그을음으로 시꺼멓게 된 방어 장벽 너머를 살펴보니…… 이 근처에는 그림자가 없었다.

"뭐가 어떻게 된 걸까요……."

"잘은 모르겠지만…… 일단 나가봐도 괜찮은 것 같지 않아? 저기, 마사토. 시험 삼아 밖으로 나가 봐."

"나를 실험대로 삼지 말라고."

"그럼, 엄마가 용기를 내서 나가 볼게."

"어, 잠깐만! 역시 내가, 용사로서 용기 있는 모습을…… 아아……."

늦었다. 마사토가 머뭇거리는 사이에, 마마코가 방어 장벽 밖으로 나갔다. 몸에 묻은 그을음을 털어낸 마마코는 이 근처를 돌아다니면서 주위를 살폈다.

지면과 건물의 벽에 검은 흔적이 무수히 남아 있지만, 움직이는 것은 없었다. 이 근처에는 그림자가 없는 것 같았다.

마마코는 마사토 일행을 돌아보더니, 양손으로 커다란 동그라미를 만들어서 괜찮다는 것을…….

"앗, 엄마! 뒤를 봐!"

"뭐?"

어리둥절한 표정을 짓고 있는 마마코를 향해, 아까 본 것보다 거대한 인간형 그림자 하나가 하늘에서 맹렬한 속도로 돌진했다.

마사토는 허둥지둥 몸을 날리더니, 충격파를 날려서 그 그림자를 요격하려고 검을 치켜들었다. 하지만 한발 늦었다……!

바로 그때였다.

"그 사람을 건드리지 마!"

건물 지붕 위에서 한 소년 검사가 멋지게 몸을 날리더니, 대검으로 강력한 일격을 날려서 그림자를 벴다. 그러자 그림자는 그대로 산산조각이 나며 사라졌다.

그 갑작스러운 사태 앞에서, 마사토는 눈을 깜빡이는 것조차 잊은 채 멍하니 쳐다보고만 있었다.

착지의 충격이 꽤 강력했던 건지, 몸을 웅크린 채 끙끙거리던 소년 검사는 서둘러 몸을 일으키더니 마마코에게 달려갔다.

"괘, 괜찮아?! 다친 데는 없어?!"

"응, 괜찮아. 구해줘서, 고마워……. 어머?"

빙긋 미소 지으며 고맙다는 말을 건넨 마마코는 소년 검사의 잘생긴 얼굴을 지그시 보더니, 고개를 살짝 갸웃거렸다.

"어머나. 당신은 혹시……?"

"어?"

"아니, 틀림없어. 그렇지?"

"뭐? 알아본 거야? 어, 아, 안 돼! 나는 아무 말도 못 해……!"

슬금슬금 후퇴하는 소년 검사에게 마마코는 성큼성큼 다가갔다. 그리고 지그시 관찰했다.

그리고 마마코는 확신에 찬 표정으로 고개를 끄덕이더니,

입을 열었다.

바로 그때였다.

"호크 씨의 정체가 들통나게 둘 수는 없습니다! 이얍!"

건물 지붕 위에서 정체불명의 수녀가 화려하게 뛰어내리더니, 착지와 동시에 관짝에 들어갔다.

일단 메디가 소생 마법을 걸어줬다.

마사토 일행이 도끼눈으로 쳐다보는 가운데, 시라아세는 느긋하게 손을 흔들어 보이면서 몸을 일으켰다.

"폐를 끼쳤습니다. 역시 분위기에 휩쓸려 무모한 짓을 하면 안 된다 싶군요."

"맞는 말이에요. 착한 아이가 흉내 내면 어쩔 거냐고요. 반성하세요. ……그런데, 어떻게 된 거죠? 『호크 씨의 정체가 들통나게 할 수는 없습니다!』라고 아까 말했었잖아요."

"일단 저분은 호크 씨, 인 것으로 알면 될까요?"

소년 검사는 마사토 일행과 조금 떨어진 곳에 있었으며, 마마코의 시선을 피하려는 듯이 뒤돌아 서 있었다.

메디가 그렇게 묻자, 시라아세는 고개를 끄덕이며 답했다.

"실은 사정이 있어서 이름 이외에는 아무것도 안 알려~드리는 편이 재미있지 않을까 싶달까요……."

"시라아세 씨. 내가 웃고 있을 때, 전부 설명하는 편이 좋을걸?" 뚜둑뚜둑.

“두들겨 팰 마음이 넘치더라도 손가락 관절을 그렇게 풀면 안 됩니다. 그런 짓을 너무 많이 하면 손가락이 굵어진다는 속설이 있죠. 일단 진정하십시오. ……진지한 이야기를 드리자면, 호크 씨에 관해서는 업무상의 이유로 알려드릴 수 없는 점이 많습니다.”

“업무상의 이유라는 게 무슨 말인가요?! 저, 궁금해요!”

“흐음, 포타 양. 안 된다고 하는데도 계속 캐묻는 겁니까……. 곤란하게 됐군요…….”

시라아세는 은근슬쩍 호크를 쳐다봤다.

그 시선을 눈치챈 호크는 어쩔 수 없다는 듯이 고개를 끄덕이더니, 마사토 일행에게 다가갔다.

“저는 호크란 이름의 검사예요. 나이는 열다섯 살. 운영 측의 호의로 테스트 플레이어란 형식으로 게임 세계를 견학하게 됐죠. 미안하지만, 설명할 수 있는 부분은 이게 다예요.”

정중하게 설명을 한 후, 깍듯하게 고개를 숙였다.

그 완벽하기 그지없는 행동이 오히려 수상쩍다고나 할까. “메디 타입이네.”, “그게 무슨 말이죠?” 와이즈와 메디는 더욱 의심에 사로잡혔다. 포타는 그런 소리 말고 설명해달라는 듯이, 기대에 찬 눈길로 지그시 응시하고 있었지만…….

“알았어. 그 정도면 충분해.”

마사토가 그렇게 말했다.

“저기, 마사토. 무슨 소리를 하는 거야. 하나도 충분하지 않거든?”

"괜찮아. 보아하니 나쁜 사람 같지는 않아 보이잖아."

"그건 그래요. 하지만……."

"아아!! 정말 마음이 넓은 분이시군요! 그 관용이야말로 용사의 증표! 정말 멋집니다!"

갑자기 드라마틱한 연극 모드가 된 시라아세가, 불만에 사로잡힌 와이즈와 메디를 밀쳐내면서 마사토의 손을 움켜쥐었다.

"마사토 군. 온갖 모험을 하면서, 정말 성장한 것 같군요. 저는 감동했어요."

"고마워요."

"게임을 막 시작했을 때만 해도 왜 엄마와 같이 모험해야 하는 건지 설명하라면서, 그리고 자기한테만 그 이유를 알려주지 않는 것에 화나서 그렇게 엉엉 울었는데……. 사람은 이렇게나 변할 수 있는 거군요."

"엉엉 운 기억은 없는데요. ……그래도 그런 경험을 통해 배운 게 있다고 나름대로 생각하긴 해요."

쓰디쓴 추억은 여러모로 도움이 되는 걸까, 같은 좀 어른스러운 생각을 하면서…….

사람 열 받게 하는 소리를 한 시라아세의 손을 슬쩍 밀어낸 마사토는 다시 동료들을 설득하려고…….

"마사토…… 어느새 참 어엿해졌네…… 으흑." 감격의 눈물.

"믿음을 가지고 기른 보람이 있어요…… 으흑." 감격의 눈물.

"왜 엄마 관점인 거야. 너희도 나를 안 놀리면 직성이 안 풀리는 거냐."

"마 군이 착한 애로 자라줘서, 엄마는 참 기뻐! 으흑!" 감격의 눈물!

"친엄마까지 똑같이 하네. 게다가 진짜로 울어."

"마사토 씨, 어른 같아 보여요! 존경할게요!" 반짝반짝!

"그래, 바로 그거야. 역시 포타의 순수한 눈동자가 최고의 상이라니깐. 그러면 다들 이해해 준 거라고 멋대로 생각하겠어. ……그러니까……."

마사토는 호크를 향해 돌아섰다.

"검사 호크지? 잘 부탁해. 나는 마사토. 너와 마찬가지로 테스트 플레이어야. 아, 반말 써도 되지? 같은 또래잖아."

"아, 그래. 괜찮은데……."

"그럼, 우선 해둘 말이 있어. ……아까 엄마를 구해줘서 고마워."

"뭐?"

마사토는 고개를 숙이며 고맙다고 말했다.

다시 고개를 들어보니, 호크가 얼이 나간 듯한 표정을 짓고 있었다.

"솔직하게 고마움을 표시하다니…… 정말 어엿해졌구나! 으흑!" 감격의 눈물!

"너까지 따라 하지 않아도 돼! 분위기에 참 잘 맞춰주는 녀석이네!"

"하하하. 미안해. 기뻐서 말이야."

"뭐가 기쁜 건지 모르겠네. ……아무튼, 뭔가 사정이 있는 거지? 그럼 더 캐묻지는 않을 테니까, 편하게 즐겨. 알았지?"

"……고마워."

마사토가 주먹을 내밀자, 호크는 감회어린 눈길로 쳐다본 후에 주먹을 톡 맞댔다.

그리고 호크는 마마코를 향해 시선을 돌렸다.

상냥함으로 가득 찬 두 시선이 맞닿자, 마마코는 빙긋 미소 지었다.

"이야기 못할 사정이 있는 거구나. 괜찮아, 호크 씨. 나는 안 물어볼게. 지나치게 나서는 게 좋지 않다는 걸, 여기서 생활하며 알게 됐거든."

"두 사람 다, 모험을 통해 성장했구나! 으흑!" 감격의 눈물!

"맞아! 특히 마 군이 많이 성장했어! 으흑!" 감격의 눈물!

"이제 그만 좀 해! 이야기를 못 하겠네~! 자, 다들 주목! 지금은 이 상황을 어떻게든 해야 한다고! 주위를 잘 봐!"

건물의 벽과 지면에는 그림자가 남긴 검은 흔적이 남아 있었다. 방금까지 전투 상태가 이어졌으며, 확실하게 해치운 것도 아닌데 적이 사라진 상황이다.

카난 왕도는 여전히 정체불명의 위협에 노출되어 있다.

다들 표정을 굳혔다.

"시라아세 씨가 왔다는 건, 뭔가 알려줄 게 있다는 거겠죠?!"

"그럼, 그 희망에 부응……하고 싶습니다만, 죄송합니다. 유감스럽게도, 저는 아무것도 파악하지 못했습니다."

"시라아세 씨도 모르는 거야? 그러면 진짜 사건이네. 무슨 일이 일어난 건지, 우선 조사하자."

"또 그림자가 발생하면 자유롭게 움직일 수 없을 테니까요. 서두르죠."

"일단 단서가 필요해. 다른 모험가와 연계해서, 마을 안을 조사해야겠는걸."

"그럼 나도 한 명의 모험가로서, 협력해도 될까?"

호크가 그렇게 말하더니, 시라아세를 쳐다봤다.

시라아세는 잠시 생각해 본 후, 고개를 끄덕였다.

"모험가의 활동을 파악할 좋은 기회라고 생각합니다. 하지만 만에 하나라도 호크 씨가 다치면 곤란하니, 믿음직한 모험가 파티와 함께 행동해 주십시오. 그게 조건입니다."

"믿음직한 모험가 파티, 라면……."

"까놓고 말해 우리겠네. 흐흥."

용사 파티를 대표해, 와이즈가 한 걸음 앞으로 나섰다.

"안습한 현자님 이외에는 전부 믿음직한 멤버니까요."

"나도 믿음직하거든?! 마법만 봉인 당하지 않는다면 화력이 끝내주거든?!"

"마사토 씨도, 와이즈 씨도, 메디 씨도, 정말 세요! 저도 열심히 도울게요!"

"게다가 엄마도 있으니까, 귀신이 나오더라도 안심이지."

"네!"

포타는 마마코의 허리를 꼭 끌어안으면서 힘차게 고개를 끄덕였다.

"그러니까, 호크만 괜찮으면 같이 다니자."

"나도 같은 생각이야. 같이 모험하자, 호크 씨."

"……알았어요. 호의에 감사드립니다."

마사토와 마마코가 미소를 머금으며, 호크를 동료로 맞이했다.

그런 세 사람을 만족스러운 듯이 쳐다보고 있던 시라아세가 뒤돌아섰다.

"그럼, 호크 씨. 안내는 이만 마치도록 하겠습니다. 제한 시간까지 즐겁게 지내시길. 저는 이 근처에서 차를 마시며 농땡이를 부리고 있을 테니, 돌아가야 할 시간이 되면 말을 걸어주십시오."

"네? 농땡이를 부리겠다는 소리를 뭐 그렇게 당당히……."

"괜찮아. 말은 저러지만, 우리와 다른 루트로 이 일을 조사하려는 거야. 원래 저런 사람이거든."

"그렇구나……."

물론 그런 생각입니다, 저만 믿으십시오, 라는 듯이 주먹을 말아 쥐어 보인 시라아세는 근처에 있는 카페에 들어갔다. 나쁜 의미에서 자기가 한 말을 실행에 옮기는 사람이다.

마사토 일행은 우선 왕도 안을 둘러보기로 했다.

그을음으로 범벅이 된 길을 나아간 일행은 마주친 모험가들과 정보 교환을 하면서 원인을 조사했다.

"우리가 들은 이야기에 따르면, 그림자는 여기저기서 동시다발적으로 출현한 것 같아."

"오전의 꽤 이른 시간에 일제히 나타난 것 같네. 뭔가 계기가 있는 걸까?"

"그렇군요. 참고할게요. 저희가 제공할 수 있는 정보는, 방어 마법으로 그 그림자의 공격을 막거나 제압하는 게 가능하다는 거예요."

"그러고 보니, 우리 쪽에서도 비슷한 느낌이었어. 방어 마법이 필수인 건 틀림없겠는걸."

"다른 사람들에게도 알려둘게. 그럼 잘 가."

20대 후반 정도로 보이는 전사 남성과 마법사 여성이 다른 곳으로 헤어졌다.

이야기를 마친 마사토가 걸음을 옮기자, 호크가 슬며시 그의 옆에 섰다.

"방금 그들은 마사토의 지인이야?"

"아, 딱히 아는 사이는 아냐."

"그렇구나……. 알지도 못하는 사람에게 말을 걸고, 그렇게 스스럼없이 이야기를 나누다니…… 뛰어난 사교성을 갖췄는걸. 으흑."

"별것 아냐. 누군가에게 말을 건네는 건 RPG의 기본이잖아. 낯을 가려선 퀘스트를 진행할 수 없거든. 그리고 우는 척 좀 그만해. 적당히 안 하면 진짜로 두들겨 패버리겠어."

"게임을 진행하기 위해 필요한 것으로서, 타인과의 교류를

학습하는 건가……. 그래. 좋네. 멋져."

모르는 사람에게 태연히 말을 건네는 마사토를 보며 호크는 감탄했다.

옆에 있는 마마코 또한 연거푸 고개를 끄덕이고 있었다. "마 군이 이렇게 어엿해지다니……. 으흑.", "마마 씨, 눈물 닦으세요!" 포타가 건네준 손수건이 순식간에 흠뻑 젖었다.

호크와 마마코가 자아낸 훈훈한 분위기에 휩싸인 마사토는 불편해 죽겠다는 표정으로 선두에서 나아갔다.

와이즈와 메디는 최후미에서 약간 떨어져 걷고 있었다. 두 사람 다, 말로 형용하기 어려운 표정을 짓고 있었다.

"……저기, 메디. 저 호크라는 사람, 어떻게 생각해?"

"글쎄요……. 마사토 군의 말처럼, 나쁜 사람은 아닌 것 같지만…… 역시 정체가 신경 쓰여요."

"업무상의 이유니, 운영 측의 호의니, 같은 말을 했잖아? 아마 운영 측의 관계자일 것 같은데, 네 생각은 어때?"

"맞아요. 부모 자식이 2인 1조로 참가해야 한다는 룰이 있는데도 불구하고, 자식이 혼자 돌아다니고 있으니까요……. 포타 양처럼…… 아니, 어쩌면 부모만 혼자 참가했을 가능성도 있겠군요. 저 차분한 태도는 어른스럽다기보다, 어른 그 자체란 느낌이니까요."

"그렇다면 우리 엄마처럼, 변신 마법으로 모습을 바꾼 걸까? 저런 훤칠한 미남으로 변신하다니, 배짱 참 좋네……."

여자애들의 쑥덕거림과 의혹에 찬 시선이, 호크의 등을 찔

러댔다.

참다 못한 호크가 두 사람을 돌아봤다.

"으, 으음. 와이즈 양과 메디 양이었지?"

"아~ 네. 그런데요~."

"무슨 볼일 있나요?"

"딱히 볼일이 있는 건 아닌데, 두 사람과 사이좋게 이야기를 나누고 싶어서…… 아, 맞다. 뭐 하나 뭐 하나만 물어봐도 될까?"

"뭔데요~?"

"두 사람 중 누가 마사토와 사귀는 건지 궁금해서 말이지."

"""어어……?"""

와이즈와 메디, 그리고 마사토도 동시에 미간을 찌푸렸다.

"어? 어라? 왜, 왜 그런 표정을 짓는 거지? 너희 정도의 나이라면, 그렇고 그런 쪽으로도 관심이 있으리라고 생각하는데……."

"호크. 미안하지만 우리 파티에는 그렇고 그런 사이 같은 건 존재 안 해."

"뭐?"

"마마코 씨한테 잘못이 있는 건 아니지만, 마사토가 대활약을 해서 『꺄아~ 멋져!』 같은 일이 단 한 번도 없었거든. 애초에 쟤한테 마음이 딱히 없어."

"저는 마사토 군을 몰래 노리고 있어요. 단, 마사토 군과 와이즈 양이 가까워진 타이밍에 은근슬쩍 끼어들어서 빼앗는다, 라고 하는 로맨틱한 전개를 바라고 있죠……. 그러니, 전제조건이라 할 수 있는 부분이 발생하지 않으니까 나설 수가 없다고나 할까요."

"역시 메디야. 성질머리가 참 끝내준다니깐."

"요즘 여자애는 참 복잡한걸……. 하하……."

"그러니까 사랑 이야기 같은 걸 시작해도 곤란한데…… 그래도 딱 하나 확실한 게 있긴 해."

와이즈는 마사토를 힐끔 쳐다보더니, 자연스레 미소를 머금었다.

"마사토와 있으면, 지~인짜 편하다니깐."

"맞아요. 같이 있을 때, 이렇게 편한 사람은 없죠."

메디도 마사토를 곁눈질하더니, 온화한 미소를 머금었다.

마사토는 땅이 꺼지도록 한숨을 내쉬었다.

"두 사람 다 안습함과 다크 파워를 전혀 숨기지 않으며 멋대로 굴거든. 뭐, 나도 꾸밈없는 저 두 사람과 같이 있으면 편하니까, 이대로도 괜찮다고 생각해."

그것이 솔직한 마음이다.

"편해서 참 좋겠네. 마사토, 나한테 감사하는 게 어때?"

"감사의 마음을 행동과 물품으로 표현해도 괜찮아요."

"하하하. ……포타! 나를 힐링시켜 주는 건 너뿐이야!"

"우와왓."

마사토는 포타를 안아 들더니, 그대로 비행기를 태워줬다. "힐링돼!" 순수한 존재와의 교류는 멋지다. 건방진 애, 음흉한 애 탓에 지친 마음이 회복되는 것만 같았다.

바로 그때였다.

"같이 있어서 편하다……. 그럼, 두 사람 다 가능성이 있긴 한 거네. 우후후."

마마코가 느닷없이 그런 소리를 했다.

"이봐, 엄마. 가능성이 있다는 게 무슨 소리야?"

"사귈 때는 두근거리는 마음만 신경 쓰이지만, 결혼해서 함께 살게 되면 그 『편안함』이라는 감각이 가장 중요해진단다. 이건 이 엄마의 경험담이야. 그러니 와이즈 양과 메디 양은 마 군과 결혼한다면 행복해질 거란 생각이 들었어."

"결혼 같은 한참 후의 이야기를 지금 하는 것도 좀……."

"같이 있으면 편해서, 행복한 건가. 이야, 좀 난처한걸. 아하하." 부끄부끄.

"왜 호크가 부끄러워하는 건데? 영문을 모르겠네. 엄마도 이상한 소리 하지 마. ……두 사람도 신경 쓸 필요 없어. 뭐, 애초에 신경 안 쓰이겠지만 말이야."

신경 쓸 리가 없다. 성질머리가 끝내주는 와이즈와 메디가 말이다. 마사토가 안심하며 두 사람을 쳐다보니…….

두 사람은 벌게진 자기 얼굴을 향해 양손으로 손부채질을 하고 있었다.

"이봐……."

"따, 딱히 의식하는 건 아냐! 착각하지 마!"

"어찌 보면 교제는 한때의 꿈이며, 결혼 후의 생활이야말로 현실적인 이야기니까요. ……앞날을 생각해, 우량 매물을 일찌감치 확보할 필요가 있을지도 모르겠군요."

"지금이라면 보호자의 동의도 받을 수 있지. 이 자리에서 눈도장 찍을 수 있을 거야. 하하하."

"어이, 호크! 적당히 해! 네가 어느 관점에서 이야기하는 건지 진짜 모르겠다고~! ……괜한 이야기는 끝! 지금은 비상시국이라고! 정보수집을 서두르자! 자, 출발!"

"그래. 이 이야기는 사건을 해결한 후에 계속하자. 우후후."

"그럴 생각 없거든?!"

"어머? 저기, 마 군. 저기 좀 봐."

마마코가 갑자기 눈치챘다.

이 길 앞에는 쓰레기 수거장이 있었고, 10대 전반부터 후반 정도로 보이는 아이들 몇 명이 그곳에 서 있었다. 하나같이 슬픈 표정을 짓고 있었다.

마사토가 다가가서 말을 건네려 하자, 아이들은 젖은 눈을 내리깔면서 그대로 다른 곳으로 달려갔다.

"방금 그 애들, 울고 있었어……."

"그래. 여기서 무슨 일이 있었던 걸까?"

적어도 특수한 사태가 발생한 장소인 것은 틀림없다. 쓰레기 수거장에도 아까 맹위를 떨쳤던 그림자의 흔적이 남아 있었다. 게다가 주위에 비해 흔적이 명백하게 많았다.

"아이들과의 관련성은 모르겠지만, 이곳이 그림자의 발생 장소일 가능성은 있을 것 같군요."

"나도 메디와 같은 생각을 했어. ……저쪽에도 수거장이 있네. 포타, 보여?"

"네! 저쪽에도, 저쪽에도, 이 길을 따라 점점이 있어요!"

"일단 전부 둘러보도록 할까."

마사토 일행은 빠른 발걸음으로 이동하기 시작했다.

차례차례 둘러본 결과, 다른 장소에 비해서 쓰레기 수거장에 더 많은 흔적이 남아 있다는 사실이 확인됐다.

하지만, 파악한 것은 그 점뿐이다. 거기가 그림자의 발생지로 단정 지을 단서는 없고, 발생 원인 또한 여전히 알지 못했다.

돌아다니느라 지친 마사토 일행은 엄마 해결사에서 휴식을 취하기로 했다.

"이렇게 되면, 아까 본 아이들을 어떻게든 찾아내서 이야기를 들어볼 수밖에 없나……. 아. 일단 쉴 곳에 도착했어."

한적한 길 한편에 【엄마 해결사】라는 간판이 걸린 카페 같은 장소가 있었다.

점원인 모네는 바닥 청소용 솔로 외벽에 묻은 그림자의 흔적을 청소하고 있었다.

"이봐, 모네. 실례할게."

"어, 마사토잖아. 이것 좀 봐~. 이상한 게 튀어나와서~ 정말 난리……. 어? 본 적 없는 사람이 있네. 아하. 저 사람이 원인이구나."

"뭐?"

"괜한 일거리를 늘리다니~ 용서 못 해~. 그러니까…… 내 진정한 힘을 해방해서, 따끔한 맛을 보여주겠어! 후하하하하!"

"관둬."

마신으로 변하려 하는 모네의 정수리를 손날로 때려서 진정시킨 후, 마사토는 호크를 간략하게 소개해 줬다.

호크의 잘생긴 얼굴을 뚫어지게 쳐다본 모네는 "나는 미남에게는 관심 없으니까, 이쪽이 좋아.", "말 한 번 너무하네." 마사토에게 안기더니 그의 가슴에 볼을 비벼댔다. 어리광 성분을 보충하는 것이다.

"마사토 일행이라면 이 사건의 범인을 벌써 잡아 와서, 어떻게 요리해 줄지 상의하러 여기 온 줄 알았어."

"그랬으면 좋았을 텐데 말이야."

"아직 단서가 거의 없어. 돌아다니느라 지쳐서, 잠시 쉬러 온 거야."

"그렇구나. 그럼 어서 와. 나는 청소해야 하니까, 직접 차라도 타 마셔. 먼저 온 손님도 있거든."

"먼저 온 손님, 이라면……."

메디가 현관을 열고 안을 쳐다보니…….

"어서 오십시오. 제가 먼저 온 손님인 시라아세라는 것을 알려~드립니다."

카운터석에 우아하게 앉아서 차를 마시고 있는 수녀가 있었다.

"우리에게 정보를 제공하려고 적당한 타이밍에 나타난 건지, 아니면 농땡이를 부리고 있을 뿐인 건지……. 어느 쪽일까?"

"저는 좋은 쪽인 듯한 예감이 들어요! 시라아세 씨는 할 때 하는 사람이에요!"

"좋아. 포타의 예감을 믿어보자."

마사토 일행은 엄마 해결사에 들어가더니, 테이블석에 앉았다.

그리고 시라아세가 준비해준 차와 쿠키를 즐기면서…….

"……자아. 그럼 시라아세 씨. 알려~ 주세요. 기대하고 있을게요."

"맡겨주십시오. 사건 해결을 위해 여러분이 필사적으로 뛰어다니는 와중에, 저만 농땡이를 부리며 여유로운 시간을 보낸 게 아닙니다. ……이것을 보시죠."

시라아세 씨는 차와 함께 내놓은 쿠키를 손가락으로 가리켰다.

"이 쿠키가 왜요? 설마 사건과 관련이 있는 건가요?"

"사실 이 쿠키는…… 바로…… 제가 직접 만든 겁니다."

"뭐, 뭐라고요?!" 벌떡!

마사토는 경악한 나머지, 자리에서 벌떡 일어나고 말았다.

그리고 이딴 사람과 얽히기 싫다는 듯이, 엄마 해결사에서 나가려고 "마사토 군, 진정하시죠. 자, 진정하세요. 장난친 건 사과하겠습니다." 시라아세가 그를 잡았다.

그리고 잠시 마음을 다잡은 후…….

"봐줬으면 하는 건, 바로 이것입니다."

시라아세가 카운터 안쪽에서 서류 몇 장을 꺼내더니, 마사토 일행이 앉은 테이블에 펼쳐놨다.

엄마 해결사에서 쓰는 조서다. 가정에서 발생한 고민 상담 내용이 기록되어 있다.

【아이 방을 청소한 후로, 아이가 말을 섞으려고 안 해요. 슬퍼요.】

【엄마가 멋대로 내 보물을 쓰레기통에 넣었어. 쓰레기가 아닌데도 말이야. 절대 용서 못 해.】

다른 조서에도 자식의 물건에 관련된 상담 내용이 적혀 있었다.

"최근 며칠 동안 이런 내용의 상담이 많나 봅니다. 듣자 하니, 오늘은 반년에 한 번 있는 폐품 회수일이라더군요. 그날에 맞춰 집을 청소한 결과, 부모 자식 사이에 트러블이 발생한 것 같습니다."

"폐품 회수일…… 그러고 보니, 엄마도 그런 말을 했었어……."

"폐품 회수라……. 그러고 보니 옛날에 마사토가 쓰던 유모차를 버릴지 말지로 좀 다툰 적이 있었지……."

"어? 내가 뭐?"

"아, 아무것도 아냐. 혼잣말이거든? 하하하!"

거동이 수상한 호크는 내버려두기로 하고…….

곰곰이 생각에 잠겨 있던 메디가 천천히 입을 열었다.

"시라아세 씨. 폐품 회수가 어떤 식으로 이뤄지는지, 상세하게 알고 있나요?"

"지극히 평범합니다. 전문 업자가 쓰레기 수거장에 놓인 폐품을 회수해서 재활용 자원 처리장으로 옮기죠."

"그렇군요. 슬슬 감이 오네요."

"흠흠. 나도 알 것 같아. 폐품이 버려진 곳은 쓰레기 수거장. 그렇다면……."

"거기에 모여 있던 아이들은 자기 보물이 버려져서 울고 있었다고 생각해요!"

"그래. 나도 그렇게 생각한단다. 그래서, 그렇게 슬퍼했던 거야……."

"예를 들어, 인간의 슬픔이나 분노가 그림자처럼 날뛰는 것 같은 일이 게임 세계에서는 벌어지는 거야?"

호크가 그렇게 물었지만, 누구도 답하지 않았다. 확실한 증거가 없었기 때문이다.

"있을 수 있는 이야기라고 생각하기는 하는데, 확실하지는 않아……."

아이들이 품은 부정적인 감정의 구현화…… 그게 과연 가능할까…….

바로 그때였다.

"실례할게요! 잠깐 저 좀 봐요!"

"안 돼! 내 인형, 돌려줘! 보물이란 말이야! 엄마는 바보!"

"뭐?! 부모한테 바보라고 하면 안 되잖니! 소중한 것은 장난감 상자에 넣어두라고 엄마가 말했지?! 그런데 정리를 안 한 건 바로 너잖아! 아, 이런 소리를 할 때가 아냐!"

아이를 데려온 중년 여성이 다급한 표정으로 엄마 해결사에 뛰어 들어왔다.

무슨 일인지 물어볼 것도 없었다. 중년 여성이 손을 잡고 억지로 끌고 온, 기분이 나빠 보이는 여자아이의 몸에서 눈에 익은 그림자가 피어 나오고 있었다.

여자아이의 몸에서 떨어져 나온 그림자는 비스크돌 같은 형태가 되더니, 마사토를 향해 돌격했다.

"진짜로 그런 이유였던 거냐! 어, 갑자기 달려드는 거냐고!"

"마사토! 고개 숙여!"

재빨리 대검을 거머쥔 호크가 수평 베기로 그림자를 두 동강 냈다.

역시 그림자는 곧 부활했으나 다시 달려들지는 않더니, 엄마 해결사 가게 밖으로 뛰쳐나갔다.

"고마워, 호크!"

"천만에. 그것보다 솔직하게 감사의 마음을 전하다니…… 으흑…… 같은 소리나 할 때가 아니지."

"맞아!"

마사토 일행도 서둘러 가게 밖으로 뛰쳐나갔다.

그림자의 행방을 찾기 위해 주위를 둘러보니, 사방이 그림자 천지였다. 여러 건물에서 다양한 형태의 그림자가 차례차례 튀어나오더니, 일정 방향을 향해 날아가고 있었다.

엄마 해결사 가게에서 나온 그림자와 부딪친 건지, 얼굴이 그을음으로 범벅이 된 모네가 마사토를 끌어안으면서 "부비부비~!" 어리광을 부리는 척 얼굴을 닦았다.

"이봐."

"에이, 괜찮잖아~. 그것보다, 어떻게 된 거야! 아까 그 이상한 게 또 대량 발생했잖아!"

"그런 것 같네. 저쪽은 우리가 어떻게든 할 테니까, 모네는 손님을 맡아. ……다들, 쫓아가자!"

"잠깐만, 마사토. 쫓는 건 좋지만, 어떻게 할 건데? 저건 아무리 쓰러뜨려봤자 한도 끝도 없거든? 아니, 쓰러뜨리는 것 자체가 불가능하거든?"

"공격해도 효과가 없는 것 같으니까요. 방어 마법으로 상대의 공격을 막는 건 가능하지만, 막기만 해선 상황이 악화만 되지 않을까요."

"뭐, 그렇긴 하지만……. 어떻게든 되지 않을까……."

"될 것 같아?"

"믿어도 되죠?"

"마사토 씨가 어떻게든 해줄 거라고 저는 생각해요!"

"뭐? ……아~ 으음…… 아니, 그게……."

와이즈와 메디, 그리고 포타까지도 지그시 쳐다보자, 마사토는 시선을 마주하지 못했다…….

바로 그때였다.

"안심하시길. 저한테 꿍꿍이, 아니, 생각이 있다는 걸 알려~드립니다."

시라아세가 자신만만하게 앞으로 나섰다.

"저 그림자의 정체는 아이들의 슬픔과 분노입니다. 즉, 원념 같은 것이죠. 그렇다면 정화해서 없애면 될 겁니다."

"유감이지만, 정화 마법이 통하지 않았는데요……."

"정화 마법은 일반적인 공격 방법에 포함되어 있으니, 일반적이지 않은 수단을 동원할 필요가 있을 겁니다. ……그러니, 마마코 씨를 잠시 빌려도 되겠습니까? 준비가 필요해서 말이죠."

"엄마를요?"

수상한 미소를 머금은 시라아세와 어리둥절한 표정을 짓고 있는 마마코를 번갈아 쳐다본 마사토는 불길한 예감이 들었지만…….

'또 엄마…… 아니, 그래. 엄마라면, 분명 어떻게든 해줄 거야.'

자기가 용사이자 리더라는 허영심보다, 반항적인 마음보다, 솔직한 기대감이 앞섰다. 이것도 성장했다는 증거다.

"우리는 먼저 그림자를 쫓아갈게. 엄마는 준비를 마친 후에 따라와. 기대할게."

"알았어. 어디에 있든 마 군의 위치를 알 수 있으니까, 서둘러 쫓아갈게."

모자지간이 서로를 쳐다보며 고개를 끄덕인 후, "가자!" 마사토는 와이즈 일행과 함께 달려갔다.

그리고 약간 뒤처진 호크에게…….

"호크 씨. 마 군을 잘 부탁해."

"……네. 육아 휴가 때 같은 실수를 하지 않도록, 조심하겠어요."

마마코가 상냥히 등을 두드려주자, 호크 또한 달려갔다.

하늘에 흐르는 시꺼먼 강 같은 그림자 무리를 쫓으면서 카산 왕도 안을 달린 마사토 일행은 중심부에서 가장 떨어진 장소에 도착했다.

"저기가 재활용 자원 처리장 같아요!"

포타가 손가락으로 가리킨 곳에는 종이와 쇳조각과 병처럼 재활용이 가능한 폐기물이 종류별로 나뉘어서 쌓여 있는 장소가 있었다.

조심조심 안쪽으로 나아가자, 커다란 창고가 보였다. 입구가 활짝 열린 그곳에는 아직 이용할 수 있을 듯한 가구가 아무렇게나 놓여 있었다. 재활용품을 분류해 두는 창고 같았다.

날아온 그림자는 그 창고에 빨려 들어가듯 들어갔다.

"자기 보물을 되찾고 싶은 마음에, 그 기척을 쫓아서 여기까지 온 걸까?"

"그렇다면 폐품 회수 때 내놓은 물건이 저 안에 있는 건 틀림없겠지. ……잠깐만. 왠지 불길한 예감이 들어. 다들 조심해."

창고에 들어가려 하는 마사토를 말린 호크가 대검을 뽑아 들었다.

창고 안은 햇빛이 스며드는 곳까지도 어둠에 뒤덮여 있었다. 그림자로 가득 차 있는 것 같았다…….

다음 순간, 창고의 모든 창문에서 무시무시한 손이 뻗어 나오더니, 마사토 일행을 움켜잡으려 했다.

포타는 허둥지둥 와이즈와 메디의 뒤편에 숨었다.

"와아앗?! 무, 무지 화난 것 같아요!"

"우리는 보물을 훔치러 온 게 아닌데!"

"그렇게 말해봤자 이해해 줄 것 같지 않네요! 일단 방어에 전념하죠! ……스파라 라 마지아 펠 미라레…… 대장벽(알토 바리에라)!"

"확 날려버리고 싶지만, 보물이 부서지면 원망할 게 뻔하잖아! ……스파라 라 마지아 펠 미라레…… 장벽(바리에라)! 그리고 장벽(바리에라)!"

3중으로 펼쳐진 전방위 방어 장벽에 그림자가 일제히 달려들었다.

일단 그림자를 막아내고 있지만, 금방이라도 뚫릴 것 같았다. 우직, 우지직하는 불길한 소리에 맞춰 방어 장벽에 금이 갔다.

"이 자식들, 뭐야?! 되게 세네! 우왓, 위험해!"

"이대로 있다간 뚫리고 말 거예요! 마사토 군도 방어 장벽을……!"

"아냐! 상대의 공격을 줄이는 편이 나아! 내가 나설게!"

"앗! 마사토 씨!"

마사토는 방어 장벽 밖으로 나가더니, 그림자의 손 세 개를 한꺼번에 벴다.

그림자 손은 그대로 스러지듯 소멸했다…….

"좋아! 가능해! 이대로……!"

"우쭐대며 나서지 마! 오른쪽을 봐! 왼쪽도!"

"뭐?"

마사토의 좌우에서 그림자가 일제히 달려들었다. 오른쪽을 보고, 왼쪽을 보고, 다시 오른쪽을 본 마사토가 "우왓?!" 크게 당황했을 때였다.

어느새 달려온 호크가 마사토의 목덜미를 잡고 물러나게 하더니, 대검을 휘둘러서 좌우에서 다가온 그림자의 손을 한꺼번에 벴다. 분노마저 느껴지는 그 강렬한 일격에, 지면마저 도려내졌다.

"위험했어……. 호크, 고마……."

"『고마워』 같은 소리를 할 때가 아니잖아. 하아. 주위를 잘 살피지도 않고 뛰쳐나가기는…… 전에도 그러다 혼난 적 있지 않아?"

"뛰쳐나갔다가, 혼난 적…… 으음……."

그 순간, 어릴 적의 기억이 마사토의 뇌리를 스쳤다.

그것은 드물게도 마마코가 집에 없던 날의 일이다.

마사토가 아버지 몰래 집 밖으로 뛰쳐나갔을 때, 옆에서 자전거가 달려왔고…… 때마침 뛰어온 아버지가 잡아 당겨준 덕분에 다치지 않았다. 그런 기억이다.

"혼난 적, 있어. 있어요. 잘못했어요. 이제 안 할게요."

마사토가 순순히 사과하자…….

인상을 쓰고 있던 호크가 표정을 누그러뜨리더니, 마사토의 머리를 쓰다듬어줬다.

'……어라?'

그 손길이 왠지 익숙한 듯한, 그런 불가사의한 느낌이 들었다.

친아버지와는 전혀 닮지 않은, 미남에 같은 또래인 호크가 온화한 미소를 머금으며 입을 열었다.

"전투 중이잖아. 더 싸울 수 있겠어?"

"으, 응! 할 수 있어!"

"좋아. 그럼, 힘을 합치자!"

"그래! 남자끼리, 힘을 합치자고!"

두 사람은 힘을 합쳐 멋지게 그림자를 해치우고 싶었지만, 서른 개가량의 손이 한꺼번에 두 사람을 덮쳤다. ""너무 많다고!"" 마사토와 호크는 서둘러 방어 장벽 안으로 도망쳤다.

""크, 큰일날 뻔했네……""

"정말. 딱 활약할 상황인데, 아무것도 못 했네. 푸풉."

"닮은꼴이군요. 생판 남으로 보이지 않을 만큼 닮았어요. 푸풉."

"와이즈 씨, 메디 씨! MP가 바닥나면 큰일 날 거예요! 팍팍 보충해 주세요!"

포타가 두 사람에게 MP포션을 벌컥벌컥 먹였다. 방어 장벽은 한동안 더 버틸 것 같지만…….

그림자 손의 공격은 더욱 격렬해지고 있었다. 방어 장벽에 그림자가 들러붙어서 외부의 빛을 차단하는 탓에, 내부가 서서히 어두워졌다.

"이봐, 좀 봐달라고……."

"위험한 상황이네……."

서서히 어둠에 삼켜지고 있다. 마음을 북돋으려 해도 불안함이 엄습한 탓에, 마사토 일행은 자기도 모르게 서로와 몸을 맞댔다.

바로 그때였다.

"어? 마사토, 뭔가 들리지 않아?"

"뭔가…… 아, 들려."

딸랑딸랑, 하는 종소리다. 서서히 다가오고 있다. 소리가 다가오자, 방어 장벽을 뒤덮은 그림자가 옅어졌다.

그렇게 어둠이 걷히자, 맹렬한 빛이 찾아왔다. 창고와 반대 방향에서, 새하얀 빛이 서서히 다가오고 있었다.

"저건…… 엄마?"

마마코였다. 순백의 성스러운 옷을 걸친, 성모 같은 모습을 하고 있었다.

자기가 첫 번째 사도라는 듯이 수녀 차림의 시라아세가 종을 치며 뒤따르고 있었고, 그 뒤편에서 수많은 여성이 따라오고 있었다. 마사토가 엄마 감정 스킬로 확인해 보니, 반응이 있었다. 그 여성들 전원이 어머니였다.

성모 마마코는 마사토 일행에게 미소를 지어 보이며 지나치더니, 어머니들과 함께 창고 앞에 섰다.

"분노한 원념 씨. 내 말을 들어줘. 엄마들은 악의가 있어서 그런 게 아니야. 방을 정리하고 싶었을 뿐이란다. ……이렇게 된 원인은 서로의 마음이 살짝 엇갈린 탓이야. 좀 더 이야기를 나눠야 했다면서, 어머니들도 반성하고 있어. 그래서 아이들의 보물을 찾으러 온 거야. 아이들과 다시 한번, 제대로 마주하기 위해서 말이야. 그러니 함께 집으로 돌아가자. 응?"

전하고 싶은 마음이 넘쳐흐르면서, 양손을 펼친 성모 마마코의 몸이 떠올랐다. 그 모습은 그야말로 신 같았다. 마음에서 우러난 말이 파동이 되어, 한없이 퍼져 나갔다.

엄마 특수 스킬【어머니의 재생】발동.

화해하고 싶다…… 주위에 있던 재활용 자원들이 그 마음에 호응하더니, 찬란히 빛나는 전생(轉生)의 힘을 방출했다.

솟구친 빛은 마사토 일행의 상공에 모여들면서, 재활용 마크 모양을 그리며 소용돌이쳤다.

"무슨 일이 일어난 거지……?"

"저기를 봐! 창고 안의 그림자가……!"

모든 창문에서 흘러나오던 그림자들이 전생의 힘을 향해 일제히 뻗어나가더니, 그대로 빨려들었다. 슬픔과 분노의 덩어리가, 왠지 기뻐하고 있는 것처럼 보였다. ……그 모순은, 반발하면서도 부모를 찾는 아이의 마음 그 자체였다.

그렇게 부정적인 감정은 전생의 소용돌이 안에서 정화되면서 기쁨으로 다시 태어나더니, 돌아가야 할 장소로 향했다.

창고 안에 빛이 스며들더니, 인형과 봉제 인형, 피규어와 키홀더 같은 아이들의 보물을 아름답게 비췄다.

기적이 일어났다. """감사드립니다. 감사드립니다.""" 와이즈와 메디와 포타는 손을 모으며 무릎을 꿇더니, 신성한 성모 마마코에게 기도를 올렸다.

마사토는 얼이 나가 있었다. 옆에서는 호크가 아연실색하고 있었다.

"으음, 마사토. 저기…… 마마코, 씨가 공중에 떠 있는 것

같은데…….”

“아~. 우리 엄마는 기본적으로 말도 안 되는 존재거든. 자주 저래.”

“자주…… 그렇구나…….”

“응. 우리 엄마는 너무 대단해서…… 항상 엄마만 활약하고 나는 전혀 활약 못 해서, 무지 열 받기도 하지만…… 잘 생각해 보면, 엄마가 대단한 건 당연한 일이란 생각이 들어.”

“어째서지?”

“그야, 나라는 아이를 낳아서 길렀잖아? 지금의 나는 절대 못 할 일을, 해낸 거야. 그것만으로도 정말 대단하지 않아?”

“그래. 확실히, 그 말이 맞아.”

“그렇지? ……뭐, 말은 이러면서도, 역시 마음 한편으로 분통을 터뜨리고 있긴 해.”

“그렇구나…….”

쓴웃음을 머금으며 마사토의 얼굴을 쳐다보던 호크는 “으흑.”, “왜 우는 거야?!” 행복한 듯이 웃으면서 눈가에 맺힌 눈물을 훔쳤다.

“그러면 나는 보물 회수를 도우러 갈 테니까, 호크는 쉬고 있어. 게임 세계에 오자마자 이런 사건에 휘말려서 피곤할 거잖아.”

이미 창고로 향하는 동료들의 뒤를 쫓기 위해, 마사토는 달려갔다.

그들을 조용히 배웅하는 호크의 옆에, 성모 마마코가 나란히 섰다.

“저런 배려까지 할 수 있게 됐다니…… 엄마가 참 잘 기른 것 같은걸.”

“나는 아무것도 안 했어. 마 군이 저렇게 자라준 거야. 나는 그저 지켜보기만 했을 뿐이야.”

“말은 그러면서도, 마사토가 분통을 터뜨릴 만큼 활약을 하고 있다지? 뭐, 좋아. 육아를 전부 떠넘긴 사람으로서, 한마디만 하겠어. ……고마워.”

“우후후. 천만에요.”

호크와 마마코는 깊은 정이 담긴 눈길로, 멀어져 가는 마사토의 등을 응시했다.

야단법석이었던 하루가 조용히 저물어 갔다.

“이건 내 인형! 엄마가 찾아와줬구나!”

“그래. 다행이지~? 오늘부터는 장난감 상자에 꼭 넣어두렴~.”

“응!”

“저기, 신세 졌어요. 정말 감사합니다.”

힘차게 손을 흔드는 여자애에게, 모네도 마주 손을 흔들어 줬다. 엄마 해결사를 찾아온 모녀지간은 사이좋게 손을 잡고 돌아갔다.

다른 어머니들도 아이들의 보물을 안아 들고 집으로 돌아갔다.

그림자의 흔적이 사라진 마을 안을 둘러본 마사토 일행은 크나큰 한숨을 내쉬었다. 사건은 무사히 해결됐다.

"자아. 그럼, 이 엄마는 저녁 식사를 준비할게."

"잘 부탁해~. 아, 평소보다 1인분 더 준비해 줘. 시라아세 씨는 당연히 먹고 갈 거고, 호크도 밥 같이 먹을 거지?"

"감사하기 그지없는 제안이야. 그럼, 사양 말고……."

"그런 호크 씨에게 유감스러운 소식을 알려~드립니다."

시라아세는 시계를 차지도 않은 손목을 가리키더니, 시간이 됐다는 사실을 제스처로 알려줬다.

호크는 그 말을 듣고 세상의 종말을 맞이한 듯한 표정으로 지면에 쓰러졌지만, 어찌어찌 몸을 일으켰다.

"맞아. 이번에는 시간이 제한된 시찰, 아니, 게임 세계 견학이었지. 정말 유감이지만, 어쩔 수 없네. 나는 이만 실례하겠어."

"그렇구나. ……그럼……."

"응. 또 보자."

마사토와 호크는 악수했다.

기나긴 악수다. 마사토는 호크를 응시하며 손을 놔주지 않았다.

"……왜 그래?"

"아, 뭐랄까, 말로 잘 표현 못 하겠는데…… 진짜로 다시 만날 것 같은 느낌이 들거든."

"그래. 이런 우연도 다 있는걸. 나도 그런 마음이 들어."

악수를 푼 호크는 마사토의 어깨를 가볍게 두드려주면서 즐거운 듯이 웃었다.

와이즈 일행을 향해 가볍게 고개를 숙이고, 마마코와는 시선을 나눈 후, 호크는 시라아세와 함께 사라졌다.

“나, 문뜩 어떤 생각이 들었는데 말이야.”

“저도 어떤 생각이 들었어요!”

“아마 저도 와이즈 양, 포타 양과 같은 생각이 든 것 같아요. 하지만 괜한 소리를 안 하는 편이 좋겠죠.”

여자 그룹이 자기들끼리 쑥덕거리고 있는 가운데…….

마사토는 호크의 뒷모습을 쳐다보며 고개를 갸웃거렸다.

“저기, 엄마. 저기, 호크 말인데…….”

“왜 그러니?”

“……아무것도 아냐. 빨리 장을 보러 가자. 내가 짐 들어줄게.”

갑자기 배에서 꼬르륵 소리가 나자, 마사토는 가볍게 발걸음을 내디뎠다.

에필로그

전송 포인트가 있는 언덕에서, 훈훈함이 감도는 무수한 빛이 어린 카산 왕도를 응시하던 호크는 쓸쓸한 미소를 머금었다.

"오래간만에 수제 요리를 먹을 기회를 놓쳤군요."

"그래요. 이번 시찰에서 가장 충격적인 일은 바로 그것이죠."

"하지만 안심해 주시길. 호크 씨를 배웅한 후, 제가 돌아가서 대신 먹어드리겠습니다."

"시라아세 씨…… 당신이란 사람은 정말……."

"성격 참 끝내준다, 란 말은 자주 듣습니다. 그런 말을 들어도 반성하지 않는 타입이지만 말이죠."

태연한 어조로 그렇게 말한 후…….

시라아세는 운영 측의 일원다운 표정을 지으며, 조용히 물었다.

"마사토 군과 마마코 씨를 도전자로 삼아, 최종 테스트를 시행해도 될지…… 참고삼아 여쭤도 되겠습니까?"

호크를 그 질문을 듣고 가볍게 한숨을 내쉬더니, 별이 반짝이기 시작한 하늘을 올려다봤다.

"제 판단은 이 게임을 운영하는 기업의 답변으로 여겨지며, 전체적인 결정 사항이 됩니다. 그러니 정식적인 문장으로 보고드려야 마땅하리라 생각해요."

"그렇습니까. 그러면……."

"그러니, 이것은 어디까지나 제 혼잣말입니다만……."

호크는 짊어지고 있던 대검을 지면에 꽂았다.

대검은 변색이 되며 형태가 변하더니, 보기만 해도 공포를 느낄 듯한 마검으로 바뀌었다.

"언젠가 아내가 울면서, 아들을 어떻게 대하면 모르겠다는 전화를 해온 적이 있습니다. 그런데 지금은…… 후후…… 지금의 저 두 사람이라면, 아무 걱정할 필요가 없겠죠."

"그럼, 괜찮겠습니까?"

"네. 저 화목한 모자지간에게, 최후의 시련을 내리도록 하죠. ……아버지인, 바로 제가 말입니다."

마왕의 증표가 된 검의 자루를 움켜쥐며, 호크는 눈을 살며시 감았다.

오오스키 하야토. 그것이 이 남자의 이름이다.

■작가 후기

신세 많이 지고 있습니다. 이나카라고 합니다.

드디어 10권, 두 자릿수의 책을 쓰다니…… 시리즈를 막 시작했을 때는 꿈도 못 꿨던 일입니다. 정말 감개무량하군요.

이건 저분 여러분의 지원 덕분입니다. 『애니를 보고 원작을 샀습니다!』란 편지를 주신 분, 정말 고맙습니다! 진심으로 감사드립니다.

이번 책에는 드래곤 매거진에 실렸던 단편과 신작 소설 한 편이 수록되어 있습니다.

이 신작 소설은 다음 권의 프롤로그라 할 수 있는 내용입니다. 앞으로의 전개에 큰 역할을 담당하는 인물이 등장하는, 매우 중요한 이야기죠. 꼭 읽어봐 주십시오.

이번에도 이이다 포치. 씨, 담당 편집자 K 씨, 편집부와 출판사와 판매점 여러분 등, 많은 분께 도움을 받았습니다. 매번 별반 다르지 않은 인사를 해서 부끄럽습니다만, 진심으로 감사드립니다.

인사 하니 생각난 건데…….

일전에 무사히 방송 종료된 애니메이션의 뒤풀이에서도 어설프게나마 인사를 하게 됐습니다. 그 자리에 도착한 순간부터 정신이 나가 있었는데도 말이죠……. 메이챠 씨가 이야기 상대가 되어준 덕분에, 어찌어찌 도망치진 않았습니다.

역시 말보다는 문장이 특기인지라, 이 자리를 빌려 다시 인사를 드리겠습니다. 프로듀서 님, 감독님, 성우 여러분, 제작 스태프 여러분, 그리고 무시무시한 빙고 당첨률을 선보이신 스피라 스피카 님. 정말 신세 많이 졌습니다. 이나카는 지금, 행복합니다. 여러분이 앞으로 더욱 멋진 활약과 건강, 그리고 행복을 진심으로 기원드립니다.

마지막으로, 이 책이 간행됐을 즈음에는 다음 권 작업에 착수했을 저 자신에게 한마디 할까 합니다.

이제까지의 모든 것은, 이 순간을 위해서야. 힘내라, 이나카.

2019년 늦가을 이나카 다치마

■역자 후기

안녕하십니까. 근로청년 번역가 이승원입니다.

『일반공격이 전체공격에 2회 공격인 엄마는 좋아하세요?』 10권을 구매해 주셔서 진심으로 감사드립니다.

올해도 더위와 싸우며 열심히 마마코 씨의 활약상! 을 번역하고 있습니다.

더위가 너무 심해 작업실 밖에 나가면 사우나에 들어간 것 같습니다. 통역 일을 마치고 작업실 복귀했는데, 온도계가 38도를 가리키고 있을 때는 정말……. 올해는 에어컨 고장 사태가 발생하지 않아서 그나마 가슴을 쓸어내리고 있습니다. 정말 해가 갈수록 더위가 심해지네요. 전기세 벌기 위해서라도 더 열심히 일하자! 라고 다짐했습니다, AHAHA.

그럼 『일반공격이 전체공격에 2회공격인 엄마를 좋아하세요?』 10권에 대해 조금 이야기해 볼까 합니다.

스포일러가 포함되어 있을 수도 있으니, 본편을 안 읽으신 분은 유의해 주시길!

이번 권은 게임 세계 속 마사토 일행의 일상이 그려지고 있습니다.

적대 조직의 음모나 세상의 위기가 다뤄지는 건 아니지만, 게임 세계에서 살아가는 이들이 어떻게 하루하루를 보내는지, 그리고 그 안의 소소한 에피소드를 재미있게 풀어나가고 있습니다.

물론 마마코의 대활약은 빠질 수 없지만 말이죠!

별의별 버전 마마코가 다 나왔지만, 이번에는 성모 마리아, 아니, 성모 마마코……. 언젠가 나오리라 생각했습니다만, 역시 강렬했습니다.

그리고 마지막 에피소드에 나온 호크……. 마마코에게 의미심장한 눈길을 보내는 그의 정체는 대체 누구인가! 설마 마마코를 노리는 금태양……이라기에는 정체가 다 드러나 버렸지만요.^^

호크와의 이야기가 펼쳐지는 11권도 기대해 주시길!

그럼, 이만 줄이겠습니다.

항상 재미있는 작품을 맡겨주시는 L노벨 편집부 여러분에게 진심으로 감사드립니다. 앞으로도 잘 부탁드립니다.

작업실 인근에서 일한다고 쉬는 시간마다 피서(^^)오는 악우여. 인마, 나 일 좀 하자.ㅠㅜ

마지막으로 언제나 제게 버팀목이 되어주시는 어머니와 『일반공격이 전체공격에 2회공격인 엄마를 좋아하세요?』를 읽어

주신 모든 분께 진심으로 감사드립니다.

진짜로! 마왕 강림! 의 진실이 다뤄질 11권 역자 후기 코너에서 다시 뵙겠습니다!

2025년 7월 말

역자 이승원 올림

일반공격이 전체공격에 2회 공격인 엄마는 좋아하세요? 10

초판 1쇄 발행 2025년 9월 10일

지은이_ Dachima Inaka
일러스트_ Iida Pochi.
옮긴이_ 이승원

발행인_ 최원영
본부장_ 장혜경
편집장_ 김승신
편집진행_ 권세라 · 최혁수 · 김경민 · 최정민
편집디자인_ 양우연
국제업무_ 박진해 · 조은지 · 남궁명일
관리 · 영업_ 김민원 · 조은걸

펴낸곳_ (주)디앤씨미디어
등록_ 2002년 4월 25일 제20-260호
주소_ 서울특별시 구로구 디지털로32길 30 코오롱디지털타워빌란트 1301-1308호
전화_ 02-333-2513(대표)
팩시밀리_ 02-333-2514
이메일_ lnovellove@naver.com
L노벨 공식 카페_ http://cafe.naver.com/lnovel11

ISBN 979-11-278-8221-1 04830
ISBN 979-11-278-4403-5 (세트)

값 8,500원

VTuber인데 방송 끄는 걸 깜빡했더니 전설이 되어있었다 1~8권

나나토 나나 지음 | 시오 카즈노코 일러스트 | 박경용 옮김

화려한 VTuber가 다수 소속된 대형 운영회사 라이브온.
그곳의 3기생이며 『청초』 VTuber인 코코로네 아와유키.
"역시 롱캔 따는 소리는 최고야!"
"응? 완전 꼴리거든?"
"내가 마마가 될 거야!"
하지만 그녀의 부주의로 방송을 제대로 안 끈 결과,
본래 성격(주정뱅이, 호색, 청초(VTuber))을 드러내고 마는데?!
"클립 엄청 따갔어?! 트렌드 세계1위?! 동시 시청자 수 실화냐고!!!"
이게 웬일, 갭이 호평을 받으며 인기 대폭발!
그 결과…… "으랏차—! 방송 시작한드아!"

모든 걸 내려놓은 그녀는, 대인기 VTuber의 길을 달려간다!!

NOVEL

라이트노벨의 새로운 빛! L노벨의 신간은 매월 10일에 발매됩니다. http://cafe.naver.com/lnovel11